이방인

이방인

클래식 보물창고 18

이방인

펴낸날 초판 1쇄 2013년 3월 15일
지은이 알베르 카뮈 | **옮긴이** 이효숙
펴낸이 신형건 | **펴낸곳** (주)푸른책들 | **등록** 제321-2008-00155호
주소 서울특별시 서초구 양재천로7길 16 푸르니빌딩(양재동 115-6) (우)137-891
전화 02-581-0334~5 | **팩스** 02-582-0648
이메일 prooni@prooni.com | **홈페이지** www.prooni.com

ISBN 978-89-6170-319-2 04860
* 잘못된 책은 구입한 곳에서 바꾸어 드립니다.

© (주)푸른책들, 2013
* 이 책 내용의 일부 또는 전부를 재사용하려면 반드시
(주)푸른책들의 서면 동의를 얻어야 합니다.

이 도서의 국립중앙도서관 출판시도서목록(CIP)은 e-CIP홈페이지(http://www.nl.go.kr/ecip)와
국가자료공동목록시스템(http://www.nl.go.kr/kolisnet)에서 이용하실 수 있습니다.
(CIP제어번호:CIP2013000605)

표지 그림 | 에곤 실레 作 '자화상'

보물창고는 (주)푸른책들의 유아, 어린이, 청소년, 문학 도서 임프린트입니다.

Albert Camus
L'étranger

이방인

알베르 카뮈 지음 | 이효숙 옮김

보물창고

차례

1부

1

오늘 엄마가 죽었다. 아니, 어쩌면 어제였는지도……. 모르겠다. 나는 양로원으로부터 전보를 받았으니까. '모친 사망. 장례식 내일. 삼가 조의.' 이것에는 아무 뜻도 없다. 아마도 어제였을 것이다.

양로원은 알제에서 80킬로미터 떨어진 마렝고에 있다. 나는 두 시에 버스를 탈 테고, 그러면 오후 나절에 도착할 것이다. 그러면 밤샘을 하고, 내일 저녁에는 돌아올 것이다. 나는 사장에게 이틀 휴가를 요청했고, 사장은 그런 구실이 있는 내 휴가를 거절할 수 없었다. 그러나 달가워하는 것 같지는 않았다. 나는 사장에게 "그건 제 탓이 아닙니다."라는 말까지 했다. 사장은 대꾸하지 않았다. 그래서 나는 그 말을 하지 말 걸 그랬다는 생각을 했다. 요컨대 나는 사과할 필요가 없었다. 오히려 사장이 내게 조의를 표했어야 했다. 그래도 모레 내가 상복 차림인 것을 보면 아마도 조의를 표할 것이다. 당장은 좀 엄마가 죽지 않은 것 같다고나 할까. 반면, 장례식 후에는 이미 정리된 일이 될 터이고, 모든 것이 더 공적인 모습을 띠게 될 것이다.

나는 두 시에 버스를 탔다. 날씨는 무더웠다. 나는 늘 그러듯이 셀레스트네 식당에서 식사를 했다. 식당 사람들은 모두 몹시 마음 아파했고, 셀레스트는 "어머니는 오직 한 분뿐인데."라고 말했다. 내가 자리에서 일어나자 그들은 문까지 따라 나와 배웅했다. 나는 좀 정신이 없었다. 엠마뉘엘의 집으로 올라가서 검정색 넥타이와 상장(喪章)을 빌려야 했기 때문이다. 엠마뉘엘은 몇 달 전 삼촌을 여의었다.

버스를 놓치지 않으려고 나는 뛰어갔다. 그렇게 서두르고 뛰어 댄 데다 거기에 버스의 요동, 휘발유 냄새, 도로와 하늘의 반사광이 더해져서 내가 졸았나 보다. 가는 동안 나는 내내 잠을 잤다. 깨어나 보니 버스가 만원이어서 나는 한 군인과 딱 달라붙어 있었다. 그 군인은 내게 미소 짓더니 먼 데서 왔냐고 물었다. 나는 더 이상 말하지 않아도 되도록 "예."라고 대답했다.

양로원은 마을에서 2킬로미터 떨어진 곳에 있었다. 나는 그 길을 걸어서 갔다. 곧바로 엄마를 보려고 했지만 건물 관리인이 내게 우선 원장을 만나야 한다고 말했다. 원장이 다른 일에 매여 있어서 나는 좀 기다렸다. 그러는 동안 건물 관리인은 내내 말을 해 댔고, 곧이어 나는 원장을 보게 되었다. 원장은 나를 자기 사무실에서 맞았다. 그는 레지옹 도뇌르 훈장을 달고 있는 키 작은 노인이었다. 원장은 맑은 눈으로 나를 바라보았다. 그러고 나서 악수를 했는데 내 손을 너무 오래 붙잡고 있어서 나는 어떻게 손을 빼내야 할지 몰랐다. 원장은 어떤 서류를 들여다보더니 내게 말했다. "뫼르소 부인은 3년 전에 여기 들어왔구려. 부인이 기댈 사람이라곤 자네밖에 없었네." 원장이 날 책망한다는 생각이 들어서 나는 설명을 하기 시작했다. 그런데 원장은 내 말을 중단시켰다. "여보게, 자신을 변호할 필요는 없네. 난 자네 모친의 서류를 읽어 보았네. 자네는 어머니를 뒷바라지할 형편이 아니었구먼. 자네 모친에게는 간병인이 필요했네. 그런데 자네 봉급은 얼마 안 되고……. 요컨대 자네 어머니는 여기서 더 행복했다네." 나는 "네, 원장님."이라고 말했다. 그러자 원장이 덧붙였다. "자넨 아는가? 자네 모친에게는 친구들이 있었네, 같은 연배의 사람들이지. 자네 어머니는 옛 시절의 관심사를 그분들과 함께 나눌 수 있었다네. 자네는 젊으니까, 어머니가 자네하고 있었으면 지루했을 걸세."

그건 사실이었다. 엄마가 집에 있었을 때는 말없이 눈으로 나를 쫓으며 시간을 보내곤 했다. 양로원에 들어가고 나서 처음 며칠 동안은 자주 울었다. 그러나 그것은 습관 때문이었다. 몇 달 후에 만약 양로원에서 끌어내려 했다면 엄마는 울었을 것이다. 그 또한 습관 때문이리라. 내가 올해 양로원에 거의 오지 않은 데는 그런 이유도 약간 있었다. 버스 타고 가서 표를 사고 다시 두 시간 걸려 여기 오는 노력은 차치한다 하더라도, 그것이 내 일요일을 잡아먹기 때문이기도 했다.

원장은 여전히 말하고 있었다. 하지만 나는 그의 말을 거의 듣고 있지 않았다. 그런데 원장이 "어머니를 보고 싶겠구려."라고 말했다. 나는 아무 말 없이 일어났고, 원장은 앞장서서 문을 향했다. 계단에서 그가 설명해 주었다. "우리가 그분을 작은 영안실에 모셔 놓았네. 다른 사람들이 놀라지 않도록 말일세. 양로원에 사는 사람들 중 누군가 죽을 때마다 다른 사람들이 이삼 일 간 신경이 곤두서게 되니까. 그러면 업무가 힘들어진다네." 우리는 작은 뜰을 가로질렀다. 그 뜰에는 옹기종기 모여 한담하는 노인들이 많이 있었다. 우리가 지나갈 때 그들은 입을 다물었다. 우리가 통과하고 나자 대화가 다시 시작되었다. 앵무새들의 나지막해진 재잘거림 같았다. 한 작은 건물의 문 앞에서 원장이 내 곁을 떠나며 말했다. "나는 가 보겠소, 뫼르소 씨. 집무실에 있을 테니 필요할 땐 언제든 오시오. 장례식은 원칙상 아침 열 시로 정해져 있소. 그러면 자네가 고인 곁에서 밤샘을 할 수 있을 거라고 생각했지. 마지막으로 한 마디만 더 하겠소. 자네 모친께서 여기서 함께 지내던 사람들에게 장례가 종교적으로 치러지면 좋겠다는 뜻을 자주 내비친 것 같소. 필요한 조치를 내가 맡아서 했지만 자네에게 그 점을 미리 알려 주고 싶었소." 나는 원장에게 감사 인사를 했다. 엄마는 무신론자가 아니었는데도 살아생전에는 종교를 생각한 적이 한 번도 없었다.

나는 건물 안으로 들어갔다. 아주 밝은 방이었다. 하얀 회벽은 다시 유리로 덮여 있었다. 그 방에는 의자들과 X자형 받침대들이 있었다. 그중에서 중앙에 있는 두 개의 받침대가 뚜껑 덮인 관을 받치고 있었다. 이제 막 박힌 터라 번쩍거리는 나사들이 호두색의 빛바랜 나무판 위에서 또렷이 보였다. 관 근처에는 흰색 가운을 입고 머리에는 강렬한 색깔의 스카프를 두른 아랍 인 간호사가 한 명 있었다.

그 순간 건물 관리인이 내 등 뒤로 들어왔다. 뛰어온 것 같았다. 그는 말을 좀 더듬었다. "관을 덮었었죠. 하지만 어머니를 보실 수 있게 나사를 풀어 드리지요." 그가 관에 다가갈 때 내가 만류했다. 그러자 그가 말했다. "보고 싶지 않으신가요?" 내가 대답했다. "네." 그는 멈춰 섰고, 나는 그렇게 말하지 말았어야 했다는 느낌이 들어서 거북했다. 잠시 후 그가 나를 바라보더니 물었다. "왜요?" 하지만 비난하는 게 아니라, 왜 그러는지 알아보려는 것 같았다. 내가 말했다. "모르겠어요." 그러자 건물 관리인은 흰 콧수염을 비비 꼬면서 나를 쳐다보지도 않고 말했다. "이해합니다." 그는 밝은 파란색의 아름다운 눈을 가졌고 낯빛이 약간 붉었다. 그는 내게 의자 하나를 내주더니 자신도 내 뒤에 좀 떨어져 앉았다. 간호사는 일어나서 출구 쪽으로 향했다. 그 순간 건물 관리인이 내게 말했다. "고인은 하감(下疳)에 걸렸어요." 나는 그 말을 이해하지 못해 간호사를 쳐다보았다. 간호사가 눈 아래쪽으로 띠를 두르고 있는 것이 보였다. 그 띠가 코

언저리에서는 편편했다. 간호사의 얼굴에서 그 띠의 흰빛밖에 안 보였다.

간호사가 가 버리자 건물 관리인이 말했다. "혼자 있도록 난 가 보겠습니다." 그런데 내가 어떤 몸짓을 했는지 모르겠지만 그는 여전히 내 뒤에 서 있었다. 그가 내 등 뒤에 그러고 있으니까 나는 거북했다. 그 방은 오후가 끝날 무렵의 아름다운 빛으로 가득 차 있었다. 무늬말벌 두 마리가 유리벽에 부딪치며 붕붕거렸다. 나는 잠이 몰려오는 것을 느꼈다. 나는 몸을 돌리지 않은 채 건물 관리인에게 말했다. "여기 계신 지 오래되었나요?" 그가 즉각 대답했다. "5년이오." 마치 내가 묻기를 한참 전부터 기다린 것만 같았다.

그러고 나서 그는 많은 얘기를 늘어놓았다. 마렝고의 그 양로원에서 건물 관리인으로 생을 마감하게 될 거라는 말을 그에게 한다면 매우 놀라워했을 것이다. 그는 예순네 살이었고, 파리 출신이었다. 그 말을 듣는 순간 나는 그의 말을 끊었다. "아! 여기 출신이 아니시군요?" 그제야 나는 그가 원장에게 나를 데려가기 전에 엄마에 대해 했던 말이 떠올랐다. 벌판은 날씨가 매우 덥고, 이 지방에서는 특히 그러하니 매장을 신속하게 해야 한다는 얘기였다. 그때 그 건물 관리인은 자기가 파리에서 살았었고, 그것을 잊기가 힘들다고 얘기했었다. 파리에서는 고인과 사흘 동안, 때로는 나흘 동안 함께 있곤 한다. 그런데 여기서는 그럴 시간이 없고, 벌써 영구 마차 뒤를 쫓아가야 한다는 생각밖에 하지 않았다. 그러자 그의 아내가 말했다. "그런 말 말아요. 이분에게 할 얘기가 아니에요." 건물 관리인은 얼굴을 붉히더니 사과를 했다. 나는 둘 사이에 끼어들어서 "아닙니다, 아니에요." 라고 말했다. 나는 그가 한 말이 맞고 또 흥미롭다고 생각했다.

그 작은 영안실에서 건물 관리인은 자기가 극빈자로 양로원에 들어왔다는 사실을 내게 알려 줬다. 그는 자신이 건강하다고 생각해 그 건물 관리인 자리를 자원했다고 한다. 나는 결국 그 역시 양로원 재원자(在院者)라고 지적했다. 그는 아니라고 했다. 그는 재원자들을 "그들", "다른 사람들"이라고 표현하고, 더 드물게는 "노인들"이라고 했다. 나는 그의 말투에 벌써부터 놀라고 있었다. 재원자들 중 어떤 이들은 그보다 나이가 더 많지도 않았다. 그러나 물론 같은 처지는 아니었다. 그는 건물 관리인이었으니, 다른 재원자들에 대해 어느 정도 권리를 갖고 있었다.

그 순간 간호사가 들어왔다. 어느새 저녁이었다. 아주 금세 유리벽 위로 밤이 짙어졌다. 건물 관리인이 스위치를 돌리자, 갑작스레 튀는 빛에 나는 눈이 머는 것만 같았다. 건물 관리인은 내게 구내식당에 가서 저녁 식사를 하라고 권했다. 그러나 나는 배고프지 않았다. 그러자 그는 내게 밀크 커피 한 잔을 갖다 주겠다고 했다. 나는 밀크 커피를 매우 좋아하므로 그 제안을 받아들였고, 잠시 후 그가 쟁반 하나를 들고 돌아왔다. 나는 밀크 커피를 마셨다. 그러자 담배를 피우고 싶어졌다. 하지만 고인이 된 엄마 앞에서 그래도 되는지 몰라서 망설였다. 곰곰이 생각해 보니 그건 전혀 중요치 않았다. 나는 건물 관리인에게 담배 한 개비를 권했고, 우리는 함께 피웠다.

어느 순간 건물 관리인이 말했다. "그거 아시오, 당신 모친의 친구분들도 밤샘하러 올 거요. 그게 풍습이거든. 나는 의자와 블랙커피를 가지러 가야 하오." 나는 그에게 전등들 중 하나를 꺼도 되는지 물었다. 하얀 벽 위로 반사되는 빛이 나를 피곤하게 했기 때문이다. 그것은 불가능하다고 그가 말했다. 설비가 그렇게 되어 있어서 다 켜든지 다 끄든지 해야 했다. 나는 더 이상 그에게 신경 쓰지 않았다. 그는 나가더니 다시 돌아와서 의자들을 늘어놓았다. 그중 한 의자 위에다 커피포트를 놓고 그 주위에 커피 잔을 쌓아 놓았다. 그러고 나서 엄마를 사이에 두고 내 바로 맞은편에 앉았다. 간호사도 구석에서 등을 돌리고 있었다. 그녀가 무엇을 하는지 내게는 보이지 않았다. 하지만 그녀의 팔 놀림으로 봐서 뜨개질을 하고 있다는 걸 짐작할 수 있었다. 날씨는 온화했고, 커피가 나를 덥게 만들었으며, 열린 문을 통해 밤의 향기와 꽃향기가 들어와서 나는 반쯤 잠들었던 것 같다.

나를 깨운 것은 무언가가 가볍게 스치는 소리였다. 눈을 감고 있다가 떠서 그런지 그 방이 훨씬 더 순백의 광채를 발하는 것만 같았다. 내 앞에는 그림자가 하나도 없었고 각 사물, 각각의 모서리, 모든 곡선들이 눈을 상하게 할 만큼 윤곽이 명확했다. 바로 그 순간, 엄마의 친구들이 들어왔다. 다 합쳐 십여 명쯤이었으며, 눈부신 그 빛 속으로 조용히 들어왔다. 그들은 단 하나의 의자도 삐걱거리게 하지 않으면서 앉았다. 나는 그들 중 누구도 이전에 본 적이 없었으므로 그들을 쳐다보았고, 그들의 얼굴이나 의복의 세세한 부분들까지 하나도 놓치지 않았다. 하지만 그들이 말하는 소리는 들리지 않아서 실제로 거기 있다는 것을 믿기가 힘들 정도였다. 여자들은 대부분 앞치마를 두르고 허리에 끈을 묶었는데, 그 끈이 그들의 볼록한 배를 더욱 도드라지게 했다. 연로한 여자들의 배가 어느 정도로 나올 수 있는지 나는 아직 한 번도 눈여겨본 적이 없었다. 남자들은 거의 모두 몹시 말랐으며 지팡이를 짚고 있었다. 그들의 얼굴에서 매우 인상 깊었던 점은, 눈은 보이지 않고 주름살 한가운데서 광채 없는 희미한 빛만 보인다는 것이었다. 그들은 의자에 앉더니 대부분 나를 쳐다보고서 거북하게 고개를 끄덕였는데, 치아가 없는 입에 입술이 먹혀 있어서 그들이 내게 인사를 하는 건지 아니면 그저 경련이었는지 알 수가 없었다. 나는 그들이 내게 인사를 한 것이라고 믿는 쪽이다. 바로 그 순간 나는 그들 모두가 건물 관리인을 둘러싸며 내 앞쪽에 앉아서 고개를 가볍게 흔들고 있다는 것을 알아챘다. 그들이 나를 심판하기 위해 거기 있다는 터무니없는 느낌이 잠시 들었다.

얼마 안 되어 여자 한 명이 울기 시작했다. 그녀는 둘째 줄에 있었고 다른 동반자 한 명에 가려져 있어서 내 쪽에서는 잘 보이지 않았다. 그녀는 일정한 간격으로 작은 소리를 내며 울었다.

내 보기에는 결코 그칠 것 같지 않았다. 다른 사람들은 그 소리를 듣지 못하는 듯 보였다. 그들은 쇠약하고 기운도 없고 말도 없었다. 관이나 자신의 지팡이 또는 다른 아무거나 쳐다보고 있었는데, 오로지 그 한 가지만 보고 있었다. 조금 전 그 여자는 여전히 울고 있었다. 나는 그녀가 누구인지 모르기 때문에 매우 놀랐다. 그 울음소리를 더 이상 듣고 싶지 않았다. 하지만 차마 그런 말을 하지는 못했다. 건물 관리인이 그녀에게 몸을 기울여 뭐라고 말했지만, 그녀는 고개를 흔들고 나서 뭔가 웅얼거리더니 아까처럼 규칙적으로 울기 시작했다. 그때 건물 관리인이 내 옆으로 와서 가까이 앉았다. 한참 있다가 그는 나를 쳐다보지도 않으면서 알려 주었다. "저 부인이 자네 모친과 아주 친했다는구려. 여기서 자네 모친이 유일한 친구였고, 이제 자기한테는 아무도 없다고 말한다네."

우리는 한참 동안 그러고 있었다. 그 여자의 한숨과 흐느낌이 아까보다 드물어졌다. 그녀는 많이 훌쩍거렸다. 그러다 결국 잠잠해졌다. 나는 더 이상 졸리지는 않았지만 피곤했고, 허리가 몹시 아팠다. 이제 나는 그 모든 사람들의 침묵이 괴로웠다. 그저 가끔씩 특이한 소리가 귀에 들렸고, 그게 뭔지 나는 이해할 수가 없었다. 결국 나는 노인들 중 몇몇이 자기 뺨의 안쪽을 빨고 있어서 혀를 차는 것 같은 그 이상한 소리가 새어 나왔다는 것을 알아챘다. 그들은 자기가 그러고 있다는 것을 깨닫지 못할 정도로 생각에 빠져 있었다. 나는 그들 한가운데 누워 있는 망자

(亡者)가 그들 눈에 아무 의미도 없을 거라는 느낌마저 들었다. 하지만 이제와 생각해 보니 그것은 잘못된 느낌이었다.

우리는 모두 건물 관리인이 대접하는 커피를 마셨다. 그러고 나서 어땠는지는 더 이상 잘 모르겠다. 밤이 지나갔다. 어느 순간 눈을 떠 보니 노인들이 몸을 구부리고 자는 모습이 보였다는 것이 기억난다. 딱 한 사람만 자지 않고 있었다. 그는 지팡이를 움켜쥔 손등에 턱을 괴고서 마치 내가 깨기만을 기다렸다는 듯 나를 뚫어져라 바라보고 있었다. 나는 다시 잠을 잤다. 그런데 허리가 점점 더 아파서 깼다. 햇빛이 유리벽 위에서 미끄러져 갔다. 얼마 안 되어 노인들 중 한 명이 깨어나서 기침을 많이 했다. 그는 바둑판무늬의 커다란 손수건에 가래를 뱉어 냈는데, 그 가래들 하나하나는 마치 단장의 슬픔 같았다. 그는 다른 사람들을 깨웠고, 건물 관리인은 그들에게 자리를 떠야 한다고 말했다. 그들은 일어났다. 그 불편한 밤샘이 그들의 얼굴을 잿빛으로 만들었다. 그들이 영안실을 나서면서 모두 내게 악수를 청해서 나는 크게 놀랐다. 우리가 서로 한 마디도 나누지 않은 그 밤이 마치 우리의 친밀감을 강화시킨 것만 같았다.

나는 피곤했다. 건물 관리인은 나를 자기 숙소로 데려갔다. 그래서 좀 씻을 수가 있었다. 나는 밀크 커피를 또 마셨는데, 아주 맛있었다. 밖으로 나오자 완전히 날이 밝아 있었다. 마렝고와 바다 사이의 언덕들 위로 하늘은 온통 붉은빛이었다. 그리고 그 언덕들 위로 지나는 바람은 소금 냄새를 여기까지 실어왔다.

날씨가 맑은 하루가 준비되고 있었다. 들판에 가 본 지 오래된 나는 엄마 장례식이 아니었다면 산보를 하면서 아주 즐거웠을 거라는 생각을 했다.

그러나 나는 마당의 플라타너스 아래에서 기다렸다. 신선한 흙냄새를 들이마셨더니 더 이상 졸리지 않았다. 나는 사무실 동료들을 생각했다. 이 시간이면 일터로 가기 위해 잠자리에서 일어났을 것이다. 나한테는 언제나 가장 힘든 시간이었다. 나는 그런 일들에 대해 좀 더 생각했다. 하지만 건물 내부에서 나는 종소리 때문에 주의가 흐트러졌다. 창문들 안쪽이 소란스럽더니, 이어서 온통 고요해졌다. 해는 하늘로 좀 더 높이 떠 있었다. 햇볕이 내 발을 덥히기 시작했다. 건물 관리인이 마당을 가로질러 와서는 원장이 나를 보자고 한다는 말을 했다. 나는 원장의 집무실로 갔다. 원장은 내게 상당수의 서류에 서명을 하게 했다. 그가 줄무늬 바지에 검정색 옷차림이라는 것이 눈에 들어왔다. 그는 전화기를 손에 쥐더니 내게 물었다. "장의사 직원들이 조금 전부터 와 있소. 그들에게 관을 닫으러 가라고 할 것이오. 그 전에 마지막으로 어머니를 보고 싶소?" 나는 아니라고 대답했다. 원장은 수화기에 대고 나지막한 목소리로 지시했다. "피작, 사람들에게 가도 된다고 말하시오."

그런 다음 원장은 자기도 장례식에 참석할 거라고 말했고, 나는 그에게 감사하다고 말했다. 원장은 자기 책상의 의자에 앉았다. 그리고는 짧은 다리를 꼬았다. 그는 나와 자기, 그리고 근무

중인 간호사밖에 없을 거라고 내게 알렸다. 원칙적으로 재원자들은 장례식에 참석하지 못하게 돼 있었다. 그들에게는 그저 밤샘만 허락했다. "이것은 인정(人情) 때문이라오." 그가 환기시켰다. 그러나 이번 경우에는 엄마의 오랜 친구에게 장례 행렬을 따라와도 좋다고 허락했다고 한다. "토마 페레즈라고 하오." 그 얘기를 하면서 원장은 미소 지었다. 그러고는 말했다. "자네도 알다시피, 그건 좀 유치한 감정이지. 하지만 그 사람과 자네 모친은 떨어져 있은 적이 거의 없다네. 양로원에서는 그들을 두고 농담들을 하곤 했고, 페레즈에게는 '당신의 약혼자구려.'라고들 했네. 그러면 그는 웃곤 했지. 그러는 것이 그들은 즐거웠던 걸세. 사실인즉슨 뫼르소 부인의 죽음이 그를 몹시 슬프게 했네. 난 그의 장례식 참석을 막아야 한다고 생각하지 않았네. 하지만 방문의사의 충고에 따라 어젯밤의 밤샘은 그에게 금했네."

우리는 꽤 오래도록 말없이 있었다. 원장이 일어나서 자기 집무실 창문 밖을 내다보았다. 그렇게 지켜보더니 어느 순간 말했다. "마렝고의 주임 신부가 벌써 저기 있구먼. 예정 시간보다 일찍 온 거라네." 마렝고 마을에 있는 교회까지 가려면 최소한 45분은 걸어야 할 거라고 원장이 미리 알려 주었다. 우리는 내려갔다. 건물 앞에는 주임 신부와 두 명의 복사 아이가 있었다. 두 아이 중 한 명은 향로를 들고 있었고, 주임 신부는 은사슬의 길이를 조절하느라 그 아이에게 몸을 굽히고 있었다. 우리가 거기로 가자 신부는 몸을 일으켰다. 그는 나를 '내 아들'이라 불렀고,

몇 마디를 건넸다. 신부는 건물로 들어갔고 나는 그 뒤를 따라갔다.

관의 나사들이 박혀 있고, 상복 차림의 남자 넷이 그 방에 있다는 것이 대번에 눈에 들어왔다. 원장이 내게 도로에서 영구 마차가 기다리고 있다고 말하는 소리와 신부가 기도를 시작하는 소리가 동시에 들렸다. 그 순간부터 모든 것이 아주 빨리 진행되었다. 남자들이 천을 들고서 관 쪽으로 나아갔다. 신부, 두 복사 아이, 원장, 나는 밖으로 나갔다. 문 앞에 내가 모르는 부인이 한 명 있었다. 원장이 "뫼르소 씨입니다."라고 말했다. 나는 그 부인의 이름을 듣지 못했고, 그녀가 간호사 대표라는 것만 알아들었다. 그녀는 미소도 짓지 않고, 뼈가 도드라진 길쭉한 얼굴을 숙였다. 그러고 나서 우리는 시신이 지나갈 수 있도록 정렬했다. 그리고 관을 들고 가는 사람들을 따라 양로원을 나섰다. 문 앞에 영구 마차가 있었다. 반질반질하고 기다라며 번쩍거리는 그 영구 마차는 필통을 떠올리게 했다. 그 마차 곁에는 우스꽝스런 옷차림을 한 키 작은 남자인 호상(護喪)과, 거동이 어색해 보이는 노인이 있었다. 나는 그 노인이 페레즈 씨라는 것을 알았다. 페레즈 씨는 성직자 모자 같이 둥그렇고 챙이 넓은 중절모를 쓰고 있었고(관이 문을 지나갈 때는 그 모자를 벗었다.), 바지가 신발 위로 돌돌 말리는 정장을 입고 있었으며, 넓은 흰색 깃이 달린 셔츠에는 너무 작은 검정색 리본을 달고 있었다. 까만 점투성이 코 아래에서 입술이 떨고 있었다. 꽤 가느다란 흰 머리카락들 사이로 신기하게 흔들거리는 양쪽 귀가 드러나 있었는데, 귓바퀴가 매끈하지 않은 그 귀의 색깔은 피처럼 붉은 빛이어서 그의 창백한 얼굴에서 몹시 인상적이었다. 호상은 우리에게 자리를 정해 주었다. 주임 신부는 앞에서 걸어갔고, 그 뒤를 영구 마차가 따랐다. 마차 주위로는 네 명의 남자가 자리했다. 그 뒤로 양로원장과 내가 있었고, 간호사 대표와 페레즈 씨가 행렬 후미에 있었다.

하늘은 벌써 태양으로 가득했다. 태양은 대지를 짓누르기 시작했고, 열기가 금세 달아올랐다. 왜 행진하기 전에 꽤 오랜 시간을 기다렸는지 나는 모른다. 나는 칙칙한 옷을 입고 있어서 더웠다. 모자를 다시 썼던 자그마한 페레즈 씨도 모자를 다시 벗었다. 내가 몸을 약간 돌려서 그를 바라보고 있을 때 원장이 내게 그에 관한 이야기를 했다. 내 어머니와 페레즈 씨가 저녁이면 간호사 한 명을 대동하고 마을까지 산보하는 일이 자주 있었다는 얘기였다. 나는 주위의 전원을 바라보았다. 하늘과 가까운 언덕들로 이어지는 실편백나무 가로수들, 그 불그스름하고 초록빛인 땅, 드문드문 있으면서 윤곽이 뚜렷한 집들……. 그것들을 통해 나는 엄마를 이해했다. 그 지방에서는 저녁이 '우수(憂愁)에 잠기는 휴전(休戰)' 같았을 것이다. 오늘은 그 풍경을 소스라쳐 떨게 만드는 차고 넘치는 태양이 그곳을 비인간적이고 의기소침하게 만들고 있었다.

우리는 걷기 시작했다. 바로 그 순간 나는 페레즈 씨가 약간

절뚝거린다는 것을 알아챘다. 영구 마차는 조금씩 속도를 냈고, 노인은 뒤처졌다. 차를 둘러싸고 있던 남자들 중의 한 명도 처져서, 이제는 나와 같은 대열에서 걷고 있었다. 태양이 하늘로 얼마나 빨리 오르는지, 나는 놀랐다. 그리고 들판이 벌써 한참 전부터 곤충들의 노랫소리와 풀들의 타닥거리는 소리로 웅성대고 있었다는 것을 알아차렸다. 땀이 뺨을 타고 흘렀다. 나는 모자가 없었으므로 손수건으로 부채질을 했다. 그때 장의사 직원이 내게 뭐라고 말했는데 나는 듣지 못했다. 동시에 그는 오른손으로 자신의 모자 가장자리를 들어 올리더니 왼손에 쥐고 있던 손수건으로 머리통을 닦았다. "뭐라고요?" 내가 그에게 말했다. 그는 하늘을 가리키면서 아까 한 말을 반복했다. "내리쬐는군요." 나는 "예."라고 말했다. 조금 후 그가 내게 물었다. "저기 있는 분이 당신 어머니입니까?" 나는 또 "예."라고 말했다. "연로하셨나요?" 나는 "그렇죠."라고 대답했다. 왜냐하면 어머니의 나이를 정확히 알지 못했기 때문이다. 그러자 그 남자는 입을 다물었다. 뒤를 돌아보니 우리 뒤로 50여 미터나 떨어져 있는 페레즈 씨가 보였다. 그는 손에 쥔 중절모를 좌우로 흔들면서 서둘러 우릴 따라오고 있었다. 나는 원장도 쳐다보았다. 그는 불필요한 동작 없이 아주 위엄 있게 걷고 있었다. 이마에 땀방울이 송송 맺혔지만 닦아 내지 않았다.

　장례 행렬이 더 빨리 나아가는 것 같았다. 주위는 아까처럼 여전히 태양으로 가득한 환한 들판이었다. 하늘의 광채가 견딜 수 없을 지경이었다. 어느 순간 우리는 최근에 다시 포장한 도로를 지나가게 되었다. 태양이 타르를 갈라지게 만들었다. 발이 거기 빠져서 타르의 번쩍거리는 속살을 드러나게 했다. 영구 마차에 타고 있는 마부의 모자는 삶아서 굳힌 가죽으로 된 것인데, 마치 그 시커먼 진창 속에서 반죽된 것처럼 보였다. 갈라진 타르의 끈적끈적한 검정색, 의복들의 윤기 없는 검정색, 마차의 번들번들한 검정색 등 이 색깔들의 단조로움과 파랗고 하얀 하늘 사이에서 난 좀 정신이 없었다. 그 모든 것, 즉 태양, 가죽 냄새, 마차의 말똥 냄새, 니스 냄새, 향 냄새, 불면의 밤의 피로 등이 내 시선과 생각을 혼란스럽게 했다. 나는 다시 한 번 뒤돌아보았다. 페레즈 씨는 나로부터 아주 멀리 떨어진 데서 열기의 짙은 구름 속을 헤매는 듯이 보이더니, 곧이어 더 이상 보이지 않았다. 어디 있는지 눈으로 찾아보았더니, 그가 도로를 벗어나 들판을 가로지르는 것이 보였다. 내 앞쪽의 도로가 빙빙 구부러진 것도 확인되었다. 그 지방을 잘 알고 있는 페레즈 씨가 우리를 따라잡기 위해 가장 빠른 지름길로 질러간다는 것을 깨달았다. 길이 굽어지는 곳에서 그가 우리를 따라잡았다. 그러고 나서는 우리가 그를 놓쳤다. 그는 또 들판을 가로질러 갔고, 여러 차례 그렇게 했다. 나는 관자놀이에서 피가 팔딱팔딱 뛰는 것을 느꼈다.

그 다음에는 모든 것이 너무나 황급하고 확실하고 자연스럽게 흘러가서 더 이상 아무것도 기억나지 않는다. 딱 한 가지만 떠오르는데, 마을 어귀에서 간호사 대표가 내게 말을 걸었던 일이다. 그녀는 얼굴과 어울리지 않는 특이한 목소리를 갖고 있었는데, 선율 있고 떨리는 목소리였다. "천천히 가면 일사병에 걸릴 위험이 있어요. 하지만 너무 빨리 가면 땀을 흘려서 교회 안에 들어가면 오한이 나게 되죠."라고 그녀는 말했다. 그녀가 옳았다. 뾰족한 수가 없었다. 나는 그날의 몇몇 이미지들을 아직도 간직하고 있다. 예를 들어 페레즈 씨가 마을 가까이서 마지막으로 우리와 합류했을 때의 얼굴. 흥분과 괴로움으로 그의 뺨에 흥건하던 굵은 눈물. 하지만 주름들 때문에 흘러내리지는 않았다. 눈물들은 퍼지다가 다시 합쳐져 그 망가진 얼굴 위에서 물로 된 니스인 양 번들거렸다. 그리고 기억나는 게 또 있다. 교회, 보도에 있던 마을 사람들, 묘지 무덤들 위의 빨간색 제라늄, 페레즈 씨의 기절(해체된 꼭두각시 같았다.), 엄마의 관 위에서 구르던 핏빛 흙, 그 흙에 섞여 있던 식물 뿌리들의 하얀 살, 그리고 사람들, 목소리들, 마을, 어느 카페 앞에서의 기다림, 모터의 끝없는 부르릉거림, 그리고 알제의 불빛 소굴로 버스가 들어가자 이제 잠자리에 누워 12시간 동안 자야겠다고 생각했을 때 느꼈던 나의 기쁨.

2

잠에서 깨어나면서 나는 깨달았다. 내가 이틀 휴가를 요청했을 때 사장이 왜 불만스런 표정을 지었는지……. 오늘이 토요일이기 때문이다. 말하자면 나는 그 점을 잊고 있었고, 일어나다가 그 생각이 떠올랐다. 아주 당연하게 사장은 내가 그렇게 해서 일요일까지 합쳐 나흘간의 휴가를 갖게 될 거라고 생각했던 것이고, 그것은 사장 마음에 들 수가 없는 일이었다. 하지만 한편으로는 오늘이 아니라 어제 엄마 장례식을 치르게 된 것은 내 탓이 아니며, 다른 한편으로는 아무튼지 간에 나는 토요일과 일요일은 쉬었을 것이다. 물론, 그래도 어쨌든 사장이 이해가 되기는 한다.

나는 어제 하루의 일 때문에 피곤해서 일어나기가 힘들었다. 면도를 하면서 오늘은 뭘 할까 생각하다가 수영을 하러 가기로 결정했다. 항구의 해수욕장으로 가기 위해 전차를 탔다. 거기 가서 바닷물로 뛰어들었다. 젊은이들이 많이 있었다. 물속에서 마리 카르도나를 만났다. 전에 우리 사무실에서 타이피스트로 일하던 여자인데, 당시 나는 그녀와 자고 싶은 마음이 있었다. 내 생각에 그녀도 그랬던 것 같다. 하지만 그녀는 얼마 안 되어 떠나 버려서 우리는 그럴 시간을 갖지 못했다. 나는 그녀가 튜브 위로 올라가도록 도와주었다. 그렇게 하다가 그녀의 가슴을 스치게 되었다. 그녀가 튜브 위에 이미 배를 깔고 있었을 때, 나는 아직도 물속에 있었다. 그녀가 내 쪽으로 몸을 돌렸다. 머리카락이 눈에 달라붙은 채 그녀는 깔깔 웃었다. 나는 튜브 위의 그녀 곁으로 기어올라갔다. 그러니까 기분 좋았다. 나는 마치 장난을 치듯 내 머리를 뒤로 젖혀서 그녀의 배를 베고 누웠다. 그녀는 아무 말 하지 않았고, 나는 그렇게 그냥 있었다. 두 눈 속에 온 하늘이 담겼다. 하늘은 파랗고 금빛이었다. 내 목덜미 아래로 마리의 배가 부드럽게 오르내리는 것이 느껴졌다. 우리는 튜브 위에서 반쯤 잠든 채 그렇게 오래도록 있었다. 태양이 너무 강렬해지자 그녀는 물에 뛰어들었고, 나도 뒤따라 물속으로 들어갔다. 나는 마리를 다시 붙잡아서 그녀의 허리를 손으로 감쌌다. 우리는 함께 수영했다. 그녀는 여전히 웃어 댔다. 방파제에서 몸을 말리던 중 그녀가 말했다. "내가 당신보다 더 그을렸네요." 나는 그녀에게 저녁에 영화를 보러 가지 않겠느냐고 물었다. 그녀는 또 웃더니 페르낭델*이 나오는 영화를 보고 싶다고 말했다. 우리는 옷을 갈아입었다. 내가 검정색 넥타이를 맨 것을 보고서 그녀가 매우 놀라는 기색이었다. 그녀는 내게 상중(喪中)이냐고 물었다. 나는 엄마가 돌아가셨다고 말해 줬다. 언제부터 상중이냐고 그녀가 묻기에 나는 "어제부터."라고 대답했다. 그녀는 흠칫 뒤로 물러나긴 했지만 아무 지적도 하지 않았다. 나는 내 탓이 아니라고 말하고 싶었지만, 그 말을 이미 사장에게 했던 것이 생각나서 그만두었다. 그건 아무 의미 없었다. 어찌 됐든 우리는 언제나 조금씩 잘못을 하니까.

저녁이 되자 마리는 이미 모든 것을 다 잊고 있었다. 영화는 가끔씩 웃기기는 했는데, 정말 너무 형편없었다. 마리는 자기 다리를 내 다리에 대고 있었다. 나는 그녀의 가슴을 애무했다. 영화가 끝날 무렵 나는 그녀에게 키스했다. 그러나 잘하지는 못했다. 영화관에서 나와 우리는 함께 내 집으로 왔다.

내가 잠에서 깨어났을 때 마리는 이미 가 버리고 없었다. 그녀는 숙모네 집에 가야 한다고 이미 설명해 줬었다. 일요일이라는 생각이 떠올랐고, 그러자 나는 지겨워졌다. 나는 일요일을 좋아하지 않는다. 그래서 침대로 돌아가서 마리의 머리카락들이 남겨 놓은 소금 냄새를 긴 베개에서 찾아보았다. 그리고 열 시

---

*페르낭델(1903~1971) : 프랑스 영화계의 스타. 프랑스 영화배우 중 관객을 가장 많이 끌어모은 배우로서, 평생에 약 2억 5천 명의 관객을 영화관으로 끌어들었다. 〈돈 카밀로〉 시리즈, 〈토파즈〉 등에 출연했다. 출연작들 중에 코믹한 영화가 많다.

까지 갔다. 그 다음에는 여전히 누운 채로 정오까지 담배 몇 개비를 피웠다. 오늘은 늘 가던 셀레스트네 식당에서 점심 식사를 하고 싶지 않았다. 분명히 그들이 질문을 해 댈 테고, 나는 그런 걸 좋아하지 않으니까. 그래서 달걀 몇 개를 익혀서 접시에 입을 대고 먹었다. 빵도 없이. 왜냐하면 빵이 다 떨어졌고, 빵을 사러 내려가고 싶지도 않았기 때문이다.

점심 식사 후, 좀 지루해서 아파트 안을 왔다 갔다 했다. 엄마가 있었을 때는 아파트가 편했다. 이제는 나한테 너무 넓어서 식탁을 내 방으로 옮겨 놓아야 했다. 나는 이제 이 방에서만 산다. 좀 움푹해진 밀짚 의자들, 거울이 누레진 장롱, 화장대, 구리 침대 사이에서 말이다. 나머지는 방치되어 있다. 잠시 후 뭔가를 한답시고 오래된 신문을 들어서 읽었다. 그리고 크루셴 소금의 광고를 오려서 낡은 공책에 붙여 놓았다. 신문에서 내가 재미있다고 생각하는 것들을 모아 놓는 공책이다. 그러고 나서 손도 씻었고, 마지막으로 발코니로 나갔다.

내 방은 그 동네의 주요 거리 쪽으로 나 있다. 화창한 오후였다. 그렇지만 포장도로는 미끄러웠고, 사람들은 드물었으며 급히 지나가기도 했다. 우선 산보하러 가는 가족들, 반바지가 무릎 아래까지 오고 옷이 뻣뻣해서 거북스러워 하는 마린룩 차림의 남자애 두 명, 커다란 분홍색 리본을 달고 검정색 에나멜 구두를 신은 여자애 한 명이 지나갔다. 그들 뒤에는 밤색 실크 원피스를 입은 거대한 몸집의 어머니와 내가 본 적 있는 키 작고 꽤 가냘픈 체구의 아버지가 따라가고 있었다. 그 아버지는 둥글 납작한 밀짚모자에 나비넥타이 차림이었고, 손에는 지팡이를 들고 있었다. 그가 아내와 함께 있는 것을 보고, 나는 동네 사람들이 그를 두고 왜 고상하다고 말하는지 이해했다. 조금 후에는 그 동네 젊은이들이 지나갔다. 머리는 번들번들하고, 빨간색 넥타이를 매고, 수놓인 장식 손수건을 꽂은 몸에 아주 꼭 끼는 윗옷을 입었으며, 앞코가 네모난 신발 차림이었다. 중심가의 영화관에 가려는 거라고 나는 생각했다. 바로 그 때문에 그들은 그렇게 일찍 출발하여 아주 크게 웃어 대면서 전차 쪽으로 서둘러 갔던 것이다.

그들이 가고 난 후로는 거리가 점차 한산해졌다. 곳곳에서 공연물들이 시작되었나 보다. 거리에는 이제 가게 주인들과 고양이들밖에 없었다. 거리에 줄지어 있는 무화과나무들 위로 하늘이 맑긴 했으나 광채는 없었다. 마주 보이는 보도에서 담배 상인이 의자 하나를 꺼내더니 문 앞에 내놓고는 두 팔을 등받이에 걸쳐 놓고 앉았다. 좀 전에는 터질 것 같던 전차들이 거의 비어 있었다. 담배 가게 옆에 있는 '피에로네'라는 작은 카페에서는 종업원이 텅 빈 실내에서 부스러기들을 치우고 있었다. 그야말로 일요일이었다.

나는 의자를 돌려서 담배 가게 주인의 의자처럼 놓았다. 그게 더 편해 보였기 때문이다. 나는 담배 두 개비를 피웠고, 초콜릿 한 조각을 창가에서 먹으려고 갖고 왔다. 얼마 안 되어 하늘이 어두워져서, 나는 여름날의 폭풍우가 몰아칠 것이라고 생각했다. 그런데 서서히 하늘이 드러났다. 하지만 구름 떼가 지나가며 비의 약속 같은 것을 남겨 놓아서 거리는 더욱 어두워졌다. 나는 오래도록 하늘을 바라보며 있었다.

다섯 시에 전차가 시끄러운 소리를 내며 도착했다. 그 전차는 교외의 스타디움에 갔던 관중들을 다시 싣고 왔다. 그들은 전차의 발판에 걸터앉거나 난간에 기대어 있었다. 다음 전차는 선수들을 싣고 왔다. 그들의 작은 가방들을 보고 알았다. 그들은 자기네 클럽은 죽지 않을 거라며 목청껏 소리를 질러 대고 노래 불렀다. 그들 중 여러 명이 내게 신호를 보냈다. 한 명은 "우리가 이겼어요."라고 소리 지르기까지 했다. 그래서 나는 "그렇군요."라고 하면서 고개를 끄덕였다. 그때부터 자동차들이 모여들기 시작했다.

그 하루는 좀 더 계속되었다. 지붕들 위로 하늘이 불그스레해졌고, 저녁이 태동하자 거리들이 활기를 띠었다. 산보 갔던 사람들이 서서히 돌아왔다. 그 고상한 신사가 다른 사람들 사이에 있는 게 보였다. 아이들은 울거나 질질 끌려왔다. 그와 동시에 그 동네의 영화관들이 관객들을 물밀듯이 거리로 쏟아 냈다. 그들 중 젊은 사람들이 평소보다 더 결연한 몸짓들을 취해서, 나는 그들이 모험 영화를 봤을 거라고 짐작했다. 시내의 영화관에 갔다가 오는 사람들은 조금 후에 도착했다. 그들은 더 심각해 보였다. 여전히 웃고 있기는 하지만 가끔씩 피곤하고 생각에 잠긴 듯이 보였다. 그들은 맞은편 보도에서 왔다 갔다 하면서 거리에 머물러 있었다. 그 동네의 아가씨들은 머리에 아무것도 두르지 않은 채 서로 팔짱을 끼고 있었다. 청년들이 일부러 아가씨들 곁을 지나면서 농담을 던졌고, 그녀들은 고개를 돌리며 웃어 댔다. 그녀들 중 내가 아는 몇몇이 내게 손짓을 했다.

그때 갑자기 거리의 가로등이 켜졌고, 밤에 제일 먼저 뜨는 별들이 그 가로등 불빛에 창백해졌다. 나는 사람들과 불빛을 싣고 있는 보도를 바라보느라 눈이 피로해진 것을 느꼈다. 가로등이 젖은 포장도로를 번쩍거리게 했으며, 규칙적인 간격으로 지나가는 전차들의 반사광이 반짝이는 머리칼이나 미소 또는 은팔찌에서 어른거렸다. 얼마 안 되어 더 뜸해진 전차, 나무들과 가로등 위로 벌써 컴컴해진 밤과 더불어 그 동네는 시나브로 사람들이 빠져나가 버리더니, 다시 텅 빈 거리에 제일 먼저 나타난 고양이가 천천히 길을 가로질렀다. 그때, 나는 저녁 식사를 해야 한다는 생각이 들었다. 의자 등받이에 오랫동안 턱을 기대고 있어서 목이 좀 아팠다. 나는 빵과 국수를 사러 내려갔다 와서 요리를 해 서서 먹었다. 창가에서 담배 한 개비를 피우려 했으나 공기가 서늘해져서 좀 추웠다. 창문을 닫고 돌아오다가 유리창에 비친 식탁 끄트머리를 보게 되었다. 식탁에는 알코올램프가 빵 조각들과 이웃하고 있었다. 나는 생각했다. 늘 똑같은 일요일이었고, 엄마는 이제 묘지에 묻혀 있고, 나는 일을 다시 하게 될 터이고, 요컨대 변한 것은 아무것도 없다고.

3

  오늘 나는 사무실에서 일을 많이 했다. 사장은 상냥했다. 나
에게 너무 피곤하지는 않은지 물었고, 엄마의 나이도 알고 싶어
했다. 나는 잘못 말하지 않기 위해 “육십 대셨어요.”라고만 말했
다. 왜 사장이 안심을 하고 이제 끝난 일이라고 여기는 것 같은
표정인지 모르겠다.

  내 책상 위에는 선화 증권(船貨證券)이 잔뜩 쌓여 있었고, 나
는 그것들을 모두 면밀히 점검해야 했다. 점심 먹으러 가려고 사
무실을 나서기 전에 손을 씻었다. 정오가 되면, 그 시간이 제일
좋다. 저녁에는 손 씻는 일이 덜 즐겁다. 사람들이 사용하는 두
루마리 수건이 완전히 축축하기 때문이다. 하루 종일 사용했으
니까. 어느 날 나는 그것을 사장에게 말했다. 사장은 애석한 일
이긴 하지만 그래도 별로 중요하지 않은 사소한 문제라고 대답

했다. 나는 발송부에서 일하는 엠마뉘엘과 함께 좀 늦게, 열두 시 반에 나왔다. 사무실이 바다 쪽으로 나 있어서 우리는 불볕 태양으로 이글거리는 항구에서 화물선들을 바라보느라 잠시 시간을 허비했다. 그 순간, 트럭 한 대가 사슬 소리와 요란한 폭음을 내며 도착했다. 엠마뉘엘은 "저기에 탈까?"라고 내게 물었고, 나는 트럭 쪽으로 뛰기 시작했다. 트럭이 우리를 추월해 지나갔고, 우리는 그 트럭을 쫓아 내달렸다. 나는 소음과 먼지 속에 잠겼다. 더 이상 아무것도 보이지 않았다. 권양기들과 기계들, 수평선 위에서 춤추는 돛대들, 우리가 죽 따라가고 있는 늑재들 한가운데서 그렇게 마구잡이로 내달리는 기세만 느껴졌다. 내가 먼저 트럭에 매달려 펄쩍 날아올랐다. 그러고 나서 엠마뉘엘이 앉도록 도와주었다. 우리는 숨을 헐떡거렸고, 트럭은 먼지와 태양 한가운데서 부두의 울퉁불퉁한 포장도로 위를 달리며 요동쳤다. 엠마뉘엘은 숨이 끊어질 듯 웃어 댔다.

우리는 땀에 흠뻑 젖은 채로 셀레스트네 식당에 도착했다. 셀레스트는 뚱뚱한 배, 앞치마, 하얀 콧수염을 하고서 여전히 거기 있었다. 그는 내게 "그래도 어쨌든 괜찮은가?" 하고 물었다. 나는 그렇다고 한 뒤 배가 고프다고 말했다. 그리고 아주 빨리 먹고 나서 커피를 마셨다. 그런 다음 집으로 돌아와 잠을 좀 잤다. 포도주를 너무 많이 마셨기 때문이다. 잠에서 깨어나자 담배를 피우고 싶었다. 늦는 바람에 나는 전차를 잡으려고 뛰었다. 그러고는 오후 내내 일했다. 사무실 안은 너무 더웠다. 저녁에 사무실을 나와서 부두를 따라 천천히 걸으며 돌아오니까 행복했다. 하늘은 초록빛이었고, 나는 만족감을 느꼈다. 그래도 어쨌든 곧장 집으로 돌아왔다. 저녁 식사로 삶은 감자 요리를 하고 싶었기 때문이다.

깜깜한 계단으로 올라가다가 같은 층에 사는 살라마노 노인과 부딪쳤다. 그는 자기 개와 함께 있었다. 그들이 함께 있는 것을 8년 동안 보아 왔다. 그 스패니얼은 내 생각에 습진 같은 피부병이 있어서 털이 거의 다 빠졌고, 온몸이 반점과 갈색 딱지들로 뒤덮여 있었다. 작은 방에서 그 개와 둘이서만 살다 보니 살라마노 노인은 결국 그 개와 비슷해져 버렸다. 그의 얼굴에는 불그스름한 딱지들과 노랗고 성긴 털이 있었다. 개 또한 자기 주인을 닮아 일종의 구부정한 거동, 앞으로 내민 주둥이, 뻬죽 내민 목을 하고 있었다. 그들은 같은 종(種)에 속하는 듯 보이지만, 서로를 싫어한다. 하루에 두 번씩, 즉 오전 열한 시와 오후 여섯 시에 그 노인은 개를 산책시킨다. 8년 전부터 산책 코스는 한 번도 바뀌지 않았다. 리용 가(街)*를 따라가면 그들을 볼 수 있다. 개가 사람을 잡아끌어서 노인은 발부리를 부딪치기까지 한다. 그러면 노인은 개를 때리고 욕한다. 개는 겁에 질려 기면서

---

*리용 가(街): 이 소설에서는 지리적인 표지를 드물게 제공하는데, 그런 표지들 중 하나이다. 뫼르소의 아파트가 알제의 벨쿠르라는 서민적인 동네에 있음을 알려 준다. 그곳은 알베르 카뮈가 성장한 곳이다. 이 길 이름은 한 동네 전체와 지나간 식민지 시절에 속하는 생활 양식을 재현한다.

질질 끌려간다. 그런 때는 노인 쪽에서 개를 잡아끈다. 개는 아까 일을 잊어버리면 다시 주인을 끌고 가고, 그러다가 또 매 맞고 욕먹는다. 그런 때면 둘 다 보도에 멈춰 서서, 서로를 바라본다. 개는 공포와 함께, 사람은 증오와 더불어. 날마다 그런 식이다. 개가 오줌을 누고 싶어 할 때도 노인은 그럴 시간을 주지 않고 개를 잡아당기므로, 그 스패니얼은 작은 오줌방울을 줄줄 흘리면서 끌려간다. 혹시라도 개가 우연히 방에다 오줌을 누게 되면, 또 맞는다. 그러고 지낸 지 8년이 되었다. 셀레스트는 "불행한 일이야."라고 늘 말하지만, 사실 그런지 아닌지는 아무도 알 수 없다. 내가 계단에서 마주쳤을 때 살라마노는 개에게 욕을 하는 중이었다. 그는 개에게 "나쁜 놈! 망할 놈!"이라고 했고, 개는 끙끙거리고 있었다. 내가 "안녕하세요!"라고 말했으나 노인은 여전히 욕을 하고 있었다. 그래서 나는 개가 그에게 무슨 짓을 했느냐고 물었다. 노인은 대답하지 않았다. 그저 "나쁜 놈! 망할 놈!"이라고만 했다. 나는 노인이 자기 개에게 몸을 기울여 목줄의 뭔가를 조정하고 있는 중이라고 짐작했다. 나는 더 크게 말했다. 그러자 노인이 몸을 돌리지도 않고 격분을 억누르듯 대답했다. "이 개가 여전히 여기 있으니 말일세." 그러고 나서는 그 짐승을 끌고 가 버렸다. 개는 네 발을 끌며 질질 끌려갔고, 끙끙거렸다.

바로 그 순간, 같은 층에 사는 다른 이웃이 들어왔다. 동네에서는 그가 여자들로 먹고 산다고들 말한다. 하지만 사람들이 그에게 직업을 물으면 그는 '창고지기'이다. 대체로 그를 좋아하는 사람은 거의 없다. 하지만 그는 나한테 말을 자주 걸고, 때로는 내 집에 잠깐 들르기도 한다. 내가 그의 얘기를 들어주기 때문이다. 나는 그의 얘기가 흥미롭다고 생각한다. 게다가 내겐 그와 말을 하지 않을 이유가 전혀 없다. 그의 이름은 '레몽 생테스'다. 키가 꽤 작으며, 어깨는 넓고, 코는 복싱 선수 같이 생겼다. 그리고 언제나 매우 단정한 차림이다. 그 또한 내게 살라마노 노인에 대해 말하면서 "불행한 일 아닌가!"라고 말했다. 그러면서 그들이 그러는 게 역겹지 않느냐고 내게 물었다. 나는 그렇지 않다고 대답했다.

우리는 계단을 올라갔고, 헤어지려는 때에 그가 말했다. "집에 순대와 포도주가 있는데 나와 함께 한 조각 먹지 않겠소?" 나는 그러면 요리를 하지 않아도 되리라 생각하여 응낙했다. 그 집 또한 창문 없는 부엌과 방 하나밖에 없었다. 침대 위에는 흰색과 분홍색의 화장 회반죽으로 된 천사 석고상과 챔피언 사진들, 나체 여인들의 네거티브 사진 두세 장이 있었다. 방은 더러웠고, 침대는 흐트러져 있었다. 레몽은 우선 석유램프에 불을 켜고 나서 호주머니에서 깨끗할 것 같지 않은 붕대를 꺼내더니 오른손에 감쌌다. 나는 왜 그러느냐고 물었다. 레몽은 자기에게 괜히 트집을 잡는 어떤 녀석과 주먹다짐이 있었다고 말했다.

"이해하시겠어요, 뫼르소 씨? 내가 못돼서가 아닙니다. 흥분을 잘하는 성격이라서 그렇죠." 그가 말했다. "상대방은 나더러 '네가 정말로 사나이라면 전철에서 내려라.'라고 했죠. 그래서 내가 '자, 진정해.'라고 말했어요. 그랬더니 그자가 나더러 사나이가 아니라는 거예요. 그래서 내가 전철에서 내린 다음 말했죠. '그만하지. 그러는 게 좋을걸. 안 그러면 내가 너를 흐물흐물해지도록 흠씬 패 줄 테니까.' 그랬더니 그가 '뭐로?'라고 응수했어요. 그때 내가 한 방 먹였죠. 그러자 그자가 넘어졌어요. 내가 그를 일으켜 세우려던 차에 그가 바닥에 누운 채로 내게 발길질을 했어요. 그래서 내가 무릎으로 한 대 치고 각목으로 두 번 쳤죠. 그러자 그의 얼굴이 피투성이가 되었어요. 내가 그에게 이제 맞을 만큼 맞았냐고 물었더니 그가 그렇다고 대답했어요."

레몽은 그 얘기를 하는 내내 붕대를 조정했다. 나는 침대에 앉았다. 그가 말했다. "보다시피 내가 먼저 그러려고 했던 게 아닙니다. 무례했던 건 그자였어요." 그건 사실이었고, 나는 그 점을 인정했다. 그러자 그가, 마침 그 일에 관해 나한테 조언을 구하려 했고, 나는 진정 사나이여서 인생을 알고, 내가 자기를 도울 수 있으며, 그러고 나면 자기는 내 친구가 될 것이라고 말했다. 나는 아무 말도 하지 않았다. 그랬더니 그는 자기 친구가 되고 싶지 않느냐고 또 물었다. 내가 아무래도 상관없다고 말하자 그는 만족한 기색이었다. 그는 순대를 꺼내서 프라이팬에 요리했다. 그리고 나서 컵, 접시, 포크와 나이프들, 포도주 두 병을 식탁에 차려 놓았다. 그 모든 것이 말없이 행해졌다. 그러고 나서 우리는 식탁에 앉았다. 먹는 동안 그는 자신의 얘기를 하기 시작했다. 처음엔 좀 망설였다. "어떤 여자를 알고 지냈는데……. 이를테면 내 정부(情婦)나 마찬가지였죠." 레몽과 싸웠던 남자는 그 여자의 형제였다. 레몽은 자기가 그녀를 부양했다고 말했다. 나는 아무 대꾸도 하지 않았다. 그런데도 그가 얼른 설명을 덧붙였다. 동네 사람들이 뭐라고들 말하는지 알고 있지만, 자기는 양심에 거리낄 것이 없으며 창고지기라고 말이다.

"내 얘기로 돌아오자면, 나는 속임수가 있다는 것을 알아챘죠." 레몽이 말했다. 그는 여자에게 딱 먹고살 만큼의 돈을 주었다고 한다. 그녀의 방세도 그가 내주었고, 식비로 하루에 20프랑씩 주었다. "방세로 3백 프랑, 식비 6백 프랑, 가끔씩 스타킹 한 켤레 등 다 합치면 1천 프랑이었죠. 그 마나님께서는 일을 하지 않았어요. 그런데도 그 여자는 돈이 빠듯해서 내가 주는 돈으로는 살기가 힘들다고 말하곤 했어요. 그래서 내가 그 여자에게 말했죠. '당신은 왜 반나절이라도 일하지 않는 거야? 그러면 그 자질구레한 것들에서라도 내 짐을 덜어 줄 텐데. 이번 달에는 내가 전부 다 사 줬잖아. 당신에게 하루에 20프랑씩 주고 방세도 내가 내주는데, 당신은 오후에 친구들과 커피나 마시고 있잖아. 그 친구들에게 커피와 설탕도 사 주고 말이야. 당신에게 돈을 주는 사람은 난데. 나는 당신에게 잘해 줬는데, 당신은 그걸 나쁘게 갚고 있잖아.'라고 말했죠. 하지만 그 여자는 일을 하지 않았고, 내가 주는 돈으로는 살기 힘들다고 늘 말했지요. 그래서 나는 뭔가 속임수가 있다는 것을 알아챘어요."

　레몽은 그녀의 가방에서 복권을 한 장 발견했으며, 그녀는 그것을 어떻게 샀는지 설명하지 못했다고 말했다. 얼마 뒤 레몽은 그녀의 집에서 공영 전당포의 '차용증'을 발견했다고 한다. 그 차용증은 그녀가 그때까지 팔찌 두 개를 맡겼음을 증명해 주었다. 그런데 그는 그런 팔찌들이 있었다는 것조차 알지 못했다. "나는 속임수가 있다는 것을 알았죠. 그래서 그 여자와 헤어졌어요. 하지만 일단 그 여자를 때렸었죠. 그러고 나서 그 여자에게 실상을 얘기해 주었어요. 그 여자가 원하는 것이라고는 자신의 '그것'을 가지고 즐기는 것뿐이라고 말해 주었죠. 뫼르소 씨, 이해하겠어요? 내가 그 여자에게 '내가 당신에게 주는 행복을 세상 사람들이 질투하고 있다는 것을 당신은 모르고 있어. 당신이 어떤 행복을 누렸는지 나중에 알게 될 거야.'라고 말했지요."

　레몽은 그녀를 피가 나도록 패 줬다고 한다. 그전에는 그러지 않았었다. "그 여자를 가볍게 때려 주긴 했었지요. 말하자면 부드럽게. 그러면 그 여자가 소리를 좀 질러 대서, 나는 덧창을 닫았어요. 그 일은 늘 그렇게 끝났지요. 하지만 이번엔 심각해요. 나로서는 그 여자를 충분히 벌주지 못한 겁니다."

　바로 그 때문에 충고가 필요하다고 레몽은 설명했다. 그는 검게 그을리고 있는 램프의 심지를 조절하기 위해 말을 멈추었다. 나는 여전히 그의 말을 듣고 있었다. 포도주를 약 1리터쯤 마신 터여서 관자놀이가 뜨거웠다. 나는 레몽의 담배를 피웠다. 내 것은 한 개비도 남아 있지 않았기 때문이다. 마지막 전차가 지나가면서 그 동네의 소음도 함께 싣고 가서 소음은 이제 멀어졌다. 레몽은 계속했다. 그를 곤란케 하는 것은, '아직도 그녀와의 정사에 대한 감정이 있는 것'이었다. 그러나 그는 그녀를 벌주고 싶었다. 그래서 처음에는 그녀를 호텔에 데려가서 '풍기 단속 경찰'을 불러 스캔들이 되게 하여 그녀를 경찰 명부에 오르게 만들 생각을 했었다. 그 다음에는 암흑가에 있는 친구들에게 말해 보았다. 그 친구들은 아무것도 찾아내지 못했다. 레몽은 내게 그런 집단에 속할 필요가 있다고 말했으며, 그의 경우 정말 그럴 만했다. 레몽은 그들에게 그 여자에 관해 얘기했고, 그들은 그녀에게 '낙인'을 찍어 버리면 어떠냐고 제안했다. 하지만 그것은 레몽이 원하는 것이 아니었다. 그는 곰곰이 생각을 해 보려 했다. 그러기 전에 내게 뭔가를 부탁하려 했다. 게다가 그 부탁을 하기 전에 내가 그 이야기를 어떻게 생각하는지 알고 싶어 했다. 나는 그것에 관해 아무 생각 없지만 흥미롭기는 하다고 말했다. 그는 속임수가 있었다고 생각하느냐고 물었고, 나는 속임수가 있는 것 같다고 대답했다. 레몽은 그녀를 벌주어야 한다고 생각하는지, 그리고 내가 자기라면 어떻게 할 것인지 물었다. 나는 전혀 알 수가 없다고 대답했다. 하지만 레몽이 그녀를 벌주고 싶어 하는 것은 이해했다. 나는 포도주를 좀 더 마셨다. 레몽은 담배에 불을 붙이더니 자신의 생각을 털어놓았다. 그는 '뺑차 버린다는 얘기와 그녀를 후회하게 만들 만한 뭔가를 담은' 편지를 쓰고 싶어 했다. 그런 다음 혹시 그녀가 돌아오면 그는 그녀와 잘 테고, ‘막 끝나려는 순간에’ 그녀의 얼굴에 침을 뱉고 내쫓을 것이라고 했다. 그녀가 실제로도 그런 식으로 대가를 치르게 될 거라고 나는 생각했다. 하지만 레몽은 필요한 편지를 자기가 쓸 수 있을 것 같지 않아서, 그 편지를 작성할 사람으로 나를 생각했노라고 말했다. 내가 아무 말도 하지 않자 그는 지금 당장 하는 게 난처하냐고 물었고, 나는 아니라고 대답했다.

그러자 레몽은 포도주 한 잔을 마시고 나서 일어났다. 그는 접시들과 조금 남은 차가운 순대를 한옆으로 밀어 놓았다. 그리고 방수 테이블보를 정성껏 닦았다. 그 다음에는 침대 머리맡 탁자의 서랍에서 모눈종이 한 장과 노란 봉투 하나, 붉은색 목재로 된 작은 펜대, 보라색 잉크가 든 네모난 병을 꺼냈다. 그가 그 여자의 이름을 말하는 순간, 나는 그녀가 무어 사람이라는 것을 알았다. 나는 편지를 작성했다. 좀 되는 대로 쓰긴 했지만, 레몽을 만족시키려고 애를 쓰기는 했다. 그를 만족시키지 않을 이유가 없었으니까. 그리고 나서 나는 그 편지를 소리 내어 읽었다. 레몽은 담배를 피우며, 고개를 끄덕이면서 들었다. 그런 다음 다시 읽어 달라고 부탁했다. 그는 완전히 만족했다. 그리고 “네가 인생을 안다는 것을 나는 잘 알고 있었지.”라고 말했다. 나는 그가 나한테 말을 놓고 있다는 것을 처음에는 알아채지 못했다. 그가 “이제 너는 진짜 친구야.”라고 선언했을 때에야 깜짝 놀랐다. 레몽은 그 말을 반복했고 나는 “그렇지.”라고 했다. 나는 그의 친구가 되건 안 되건 상관없었는데, 그는 정말로 그렇게 되고 싶은가 보았다. 그는 편지를 봉했고, 우리는 포도주를 마저 다 마셨다. 그러고 나서 아무 말 없이 담배를 피우며 잠시 그러고 있었다. 밖은 온통 조용했고, 자동차 한 대가 미끄러지듯 지나가는 소리가 들렸다. 내가 "늦었네."라고 말했다. 레몽도 그렇게 생각하고 있었다. 그는 시간이 빨리 지나간다고 말했다. 어떤 의미에서는 사실이었다. 나는 졸렸지만 일어나기가 힘들었다. 내가 피곤해 보였었나 보다. 레몽이 내게 되는 대로 살면 안 된다고 말하였으니 말이다. 처음에는 무슨 말을 하는 건지 이해하지 못했다. 그러자 그가 내게 엄마의 죽음을 알게 되었다고 설명하면서, 그렇지만 언젠가는 결국 일어날 일이었다고 말했다. 내 의견도 그러했다.

나는 일어났다. 레몽이 내 손을 아주 꽉 잡으며 악수했다. 그리고 사나이들끼리는 언제나 서로를 이해한다고 말했다. 나는 그의 집에서 나와 문을 닫고 나서, 복도의 어둠 한가운데 잠시 머물러 있었다. 건물은 조용했고, 계단 밑 창고의 깊숙한 곳으로부터 모호하고 축축한 기운이 올라왔다. 내 귀에서 윙윙거리는 맥박 소리밖에 들리지 않았다. 나는 꼼짝 않고 있었다. 그런데 살라마노 노인의 방에서 개가 들릴락 말락 신음소리를 냈다.

4

나는 일주일 내내 일을 잘했다. 레몽이 와서 편지를 보냈노라고 말했다. 나는 엠마뉘엘과 두 차례 극장에 갔는데, 엠마뉘엘은 화면에서 무슨 일이 벌어지는지 종종 이해를 못한다. 그래서 내가 설명해 주어야 한다. 어제는 토요일이었고, 마리와 내가 합의한 대로 그녀가 왔다. 그녀가 빨간색과 흰색 줄무늬의 예쁜 원피스를 입고 가죽 샌들을 신고 있었기에, 나는 그녀를 몹시 안고 싶었다. 그녀의 가슴은 탄탄할 것 같았고, 햇볕에 그을린 갈색 얼굴이 화사했다. 우리는 버스를 타고 알제에서 몇 킬로미터 떨어진 해변으로 갔다. 바위들로 에워싸여 좁고, 육지 쪽으로는 가장자리에 갈대들이 있는 해변이었다. 오후 네 시의 태양이 너무 뜨겁지는 않았지만, 물은 미지근했고 길고도 게으른 작은 파도들이 일었다. 마리는 내게 놀이를 하나 가르쳐 주었다. 헤엄을 치다가 파도의 정점에서 바닷물을 마셔서 입안에 거품을 가득 모으고는 이어서 몸을 뒤집어 하늘을 향해 그 거품들을 뿜어내는 것이었다. 그렇게 하니까 레이스 모양의 거품들이 공중에서 사라져 가든가 아니면 미지근한 빗물이 되어 다시 내 얼굴로 떨어졌다. 하지만 얼마 후 나는 소금의 짠맛 때문에 입안이 타는 것 같았다. 그때 마리가 오더니 물속에서 내게 달라붙었다. 그녀는 자기 입을 내 입에 갖다 댔다. 그녀의 혀가 내 입술을 시원하게 해 주었고, 우리는 잠시 동안 파도 속에서 이리저리 흔들렸다.

해변에서 옷을 입었을 때 마리는 반짝이는 눈으로 나를 바라보았다. 나는 그녀에게 입맞춤을 했다. 그 순간부터 우리는 더 이상 말을 하지 않았다. 나는 그녀를 바짝 끌어안았고, 우리는 서둘러 버스를 찾아내서 내 집으로 돌아와 침대에 몸을 던졌다. 창문은 열어 놓았다. 우리의 그을린 몸에 여름밤이 흐르는 것을 느끼는 게 좋았다.

오늘 아침 마리는 그대로 있었고, 나는 그녀에게 함께 점심 식사를 할 거라고 말했다. 나는 고기를 사러 내려갔다. 다시 집으로 올라올 때 레몽의 방에서 여자 목소리가 들렸다. 조금 후에는 살라마노 노인이 자기 개에게 야단을 쳤고, 나무 층계참에서 신발 밑창 소리와 개의 발톱 소리가 들려왔다. 그러고 나서 "나쁜 놈, 망할 놈." 하는 소리가 들리더니 그들은 거리로 나갔다. 나는 마리에게 그 노인의 이야기를 들려주었고, 그녀는 웃었다.

그녀는 내 잠옷들 중 하나를 입고 소매를 걷어 올린 상태였다. 그녀가 웃자 나는 그녀를 또 욕망하게 되었다. 잠시 후 그녀가 내게 자기를 사랑하느냐고 물었다. 나는 그녀에게 그건 아무런 의미도 없다고 대답하면서, 아닌 것 같다고 말했다. 그녀는 슬픈 기색이었다. 하지만 점심 식사를 준비하면서 아무것도 아닌 일에 또 웃어 대서 나는 그녀를 껴안았다. 바로 그 순간, 레몽의 집에서 말다툼하는 소리가 터져 나왔다.

우선 날카로운 여자 목소리가 들리더니 이어서 레몽이 "네가 나한테 잘못했어, 네가 잘못했잖아. 너한테 나를 아쉬워하는 법을 가르쳐 주겠어."라고 말하는 소리가 들렸다. 몇 차례 어렴풋한 소리들이 들리더니 여자가 울부짖었다. 하지만 너무 끔찍하게 부르짖어서 복도가 금세 사람들로 꽉 차게 되었다. 마리와 나도 나가 보았다. 여자는 여전히 소리 지르고 있었고, 레몽은 여전히 그녀를 때리고 있었다. 마리는 너무 끔찍하다고 말했고, 나는 아무 대답도 하지 않았다. 마리가 나더러 경찰관을 찾아오라고 했으나, 나는 경찰관들을 좋아하지 않는다고 말했다. 그런데 경찰관 한 명이 3층에 세 든 배관공과 함께 왔다. 그 경찰관이 문을 두드렸으나 더 이상 아무 소리도 들리지 않았다. 경찰관은 더 세게 두드렸고, 잠시 후 여자의 울음소리가 들리더니 레몽이 문을 열었다. 레몽은 입에 담배를 물고 있었고, 상냥한 척을 했다. 여자는 문으로 돌진하여 경찰관에게 레몽이 자기를 때렸다고 신고했다. "이름!" 경찰관이 말했다. 그러자 레몽이 이름을 말했다. 경찰관이 "말할 때는 입에서 담배를 빼!"라고 말했다. 레몽은 망설이더니 나를 쳐다보고는 담배를 한 모금 빨아들였다. 그 순간 경찰관이 아주 힘껏, 뺨 전체를 갈기는 두텁고 무거운 따귀를 날렸다. 담배가 몇 미터 떨어진 곳으로 날아갔다. 레몽은 얼굴이 바뀌더니 당장에는 아무 말 하지 않다가 이어서 공손한 목소리로 자신의 담배꽁초를 주워도 되겠느냐고 물었다. 경찰관은 그래도 된다고 말하면서 덧붙였다. "하지만 다음번에는 경찰이 허수아비가 아니라는 것을 알게 될 거다." 그러는 동안 여자는 울고 있었고 같은 말만 되풀이했다. "이자가 나를 때렸어요. 그는 뚜쟁이에요." 그러자 레몽이 경찰관에게 말했다. "경찰관 나리, 남자에게 고등어*라고 말하는 것은 법에 어긋나지 않나요?" 하지만 경찰관은 그에게 "아가리 닥쳐." 하고 명령했다. 레몽은 그때 여자를 향해 말했다. "기다려라, 애야, 우린 다시 보게 될 테니." 경찰관이 그에게 그 입 닥치라고 말하고, 여자에게는 이제 가라고 말했다. 그리고 레몽에게는 경찰서로 소환할 때까지 집에 있어야 한다고 말했다. 경찰관은 레몽에게 그렇게 몸을 떨 정도로 만취를 하다니 부끄러운 줄 알아야 할 거라고 덧붙였다. 그때 레몽이 설명했다. "저는 취하지 않았습니다, 경찰관 나리. 그저 이렇게 경찰관 나리 앞에 있으니까 떨리

---

*'고등어'를 뜻하는 'maquereau'라는 단어는 속어로 '뚜쟁이'를 가리키기도 한다. 여기서 한 등장인물은 이 단어의 속어적 의미를, 다른 등장인물은 이 단어의 본래 의미를 실어서 사용하고 있다.

네요. 어쩔 수 없는 일이죠." 레몽은 자기 집 문을 닫았고, 사람들은 모두 돌아갔다. 마리와 나는 점심 준비를 마쳤다. 그러나 마리가 배가 고프지 않다고 해서, 내가 거의 다 먹었다. 그녀는 한 시에 내 집을 나섰고, 나는 좀 잤다.

세 시경에 문 두드리는 소리가 나더니 레몽이 들어왔다. 나는 누운 채로 있었다. 그는 침대 가장자리에 앉아 말없이 잠시 그대로 있었다. 나는 그에게 일이 어떻게 된 거냐고 물었다. 그는 자기가 하려던 일을 했는데, 그녀가 자기 따귀를 때려서 그녀를 패주었다고 말했다. 나머지는 내가 본 대로였다. 나는 레몽에게 이제 그녀를 벌주었으니 만족스럽겠다고 말했다. 레몽도 그렇게 생각했다. 그는 경찰관이 그래 봤자 소용없으며, 그녀가 자기한테 맞았다는 사실은 변하지 않는다는 점을 지적했다. 레몽은 자기가 경찰관들을 잘 알며, 그들을 대할 때 어떻게 처신해야 하는지 알고 있다고 덧붙였다. 그리고 내게 자기가 경찰관의 따귀에 응수하기를 기대했느냐고 물었다. 나는 결코 아무것도 기대하지 않았으며, 게다가 나는 경찰관들을 좋아하지 않는다고 대답했다. 레몽은 매우 만족스러워하는 듯 보였다. 그는 자기와 함께 외출하지 않겠느냐고 내게 물었다. 나는 일어나서 머리를 빗기 시작했다. 그는 나더러 증인이 되어 주어야 한다고 말했다. 나는 이러나저러나 상관없었지만, 뭘 말해야 하는지 몰랐다. 레몽에 따르면, 여자가 그에게 잘못을 했다고 진술하는 것으로 충분하다고 했다. 나는 증인이 되어 주겠다고 응낙했다.

　우리는 밖으로 나갔고, 레몽이 내게 코냑 한 잔을 샀다. 그러고 나서 레몽은 당구를 한 게임 하고 싶어 했고, 내가 근소한 차이로 졌다. 그는 이어서 사창가에 가고 싶어 했지만, 나는 그러는 것을 안 좋아하기 때문에 가지 않겠다고 말했다. 그래서 우리는 천천히 집으로 돌아왔다. 레몽은 자기 애인을 벌주는 데 성공해서 얼마나 만족스러운지를 얘기했다. 나는 그가 나에게는 매우 친절하다고 느꼈고, 즐거운 시간이었다고 생각했다.

　멀리, 흥분한 기색의 살라마노 노인이 문간에 있는 것이 보였다. 가까이 가자 그의 곁에 개가 없다는 것을 알게 되었다. 그는 사방을 훑어보면서 뱅뱅 돌다가 복도의 어둠을 뚫어져라 보기도 하고 두서없이 웅얼거리기도 하다가 붉어진 그 작은 눈으로 거리를 다시 훑어보기 시작했다. 레몽이 그에게 무슨 일이 있냐고 물었으나 바로 대답하지는 않았다. 살라마노 노인이 "나쁜 놈, 망할 놈."이라고 중얼거리는 소리가 내 귀에 희미하게 들렸다. 노인은 계속 불안해 했다. 나는 노인에게 개는 어디 있느냐고 물었다. 노인은 개가 떠나 버렸다고 퉁명스레 대답했다. 그러더니 갑자기 수다스럽게 설명을 늘어놓았다. "늘 그렇듯이 내가 그놈을 연병장으로 데려갔다오. 장터의 천막들 주위로 사람들이 많았었지. 나는 〈탈출의 왕〉을 구경하려고 멈춰 섰다네. 그러다 자리를 뜨려고 보니 그놈이 없는 거야. 물론 나는 오래 전부터 그놈에게 덜 헐렁한 목줄을 사 주려고 했다네. 그런데 그 망할 놈이 그렇게 가 버릴 거라고는 결코 생각지 못했다네."

그러자 레몽이 노인에게 개가 길을 잃었을 수도 있으며 다시 돌아올 거라고 설명해 주었다. 그는 노인에게 자기 주인을 다시 찾아 수십 킬로미터를 돌아다녔던 개들의 사례를 인용했다. 그럼에도 노인은 더 흥분한 것 같았다. "하지만 그들이 내게서 그놈을 빼앗아 갈 거요, 이해하시겠소. 누군가 그 개를 데려가기라도 한다면……. 하지만 그건 말도 안 되지. 그 개는 더덕더덕한 딱지 때문에 모두가 역겨워 하거든. 경찰관들이 그놈을 데려갈 테지, 분명해." 나는 노인에게 동물 보호소에 가 봐야 한다고 말하면서, 얼마간의 요금을 지불하면 개를 돌려줄 거라고 말했다. 노인은 그 요금이 비싸냐고 물었다. 나는 그것까지 알지는 못했다. 그러자 노인이 화를 내기 시작했다. "그런 망할 놈 때문에 돈을 내다니. 아! 그놈이 죽어 버렸으면 좋겠네!" 그러더니 다시 그 개를 욕하기 시작했다. 레몽은 웃어 대며 건물 안으로 들어갔다. 나는 그를 뒤따랐고, 우리는 복도에서 헤어졌다. 잠시 후 노인의 발자국 소리가 들리더니, 그가 내 집 문을 두드렸다. 내가 문을 열자 노인은 문턱에 잠시 그대로 있으면서 말했다. "미안하오, 미안하오." 나는 노인에게 들어오라고 했지만, 그는 그러려고 하지 않았다. 노인은 자기 신발 끝을 바라보고 있었고, 딱지가 앉은 두 손은 떨고 있었다. 노인은 나를 마주 보지 않은 채 물었다. "그들은 내 개를 빼앗지 않을 거요. 이보시오, 뫼르소 씨. 그들이 그놈을 내게 돌려줄 거요. 안 그러면 내가 어떻게 되겠소?" 나는 노인에게 동물 보호소에서는 개들을 사흘간

데리고 있으면서 주인들이 데려가기를 기다리다가, 그 다음에는 자기네가 좋겠다 싶은 대로 할 거라고 말했다. 노인은 말없이 나를 바라보았다. 그러고 나서 내게 "안녕히 계시오."라고 말했다. 노인이 자기 집 문을 닫는 소리가 들렸다. 그러고는 방 안을 왔다 갔다 하는 소리가 들렸다. 그의 침대가 삐거덕하는 소리를 냈다. 그리고 벽을 관통하는 작고 이상한 소리에 나는 노인이 울고 있다는 것을 알았다. 그때 왜 엄마가 생각났는지 모르겠다. 하지만 나는 다음 날 일찍 일어나야만 했다. 나는 배가 고프지 않아서 저녁 식사를 하지 않고 자리에 누웠다.

5

　레몽이 사무실로 내게 전화했다. 그는 자기 친구들 중 한 명이(그 친구에게 내 얘기를 했단다.) 알제 근처에 있는 작은 별장에서 일요일을 함께 보내자고 나를 초대했다고 말했다. 나는 그러고 싶지만 한 여자 친구와 그날을 함께 보내기로 이미 약속했다고 대답했다. 그러자 레몽이 곧장 그녀도 초대하겠다고 말했다. 친구의 아내가 남자들 무리 한가운데서 여자라고는 자기 혼자만 있는데, 그렇지 않게 되어 매우 좋아할 거라고 했다.

　나는 시내에서 걸려 오는 전화를 사장이 좋아하지 않는다는 것을 알고 있었으므로 얼른 끊으려 했다. 하지만 레몽이 기다리라고 하더니 이 초대 이야기야 저녁에 전해 줄 수도 있었을 테지만, 다른 일을 알려 주고 싶어서 전화를 걸었다고 말했다. 레몽은 아랍 인들이 하루 종일 자기를 쫓아다녔다고 말하면서, 그들

중에는 자기 옛 애인의 오빠도 있었다고 했다. "오늘 저녁 집으로 돌아가다가 집 근처에서 그를 보게 되면 나한테 알려 줘." 나는 알겠다고 말했다.

곧바로 사장이 나를 불러들였다. 순간, 나는 사장이 전화는 좀 덜하고 일을 더 잘하라고 말할 거라는 생각이 들어서 곤혹스러웠다. 그런데 그런 게 전혀 아니었다. 사장은 내게 아직은 매우 막연한 어떤 계획에 대해 이야기하려 한다고 말했다. 사장은 그저 그 사안에 대한 내 의견을 듣고 싶었던 것이다. 그는 현지에서 대기업들을 상대로 직접 자신의 사업을 맡게 될 파리 사무소를 설치할 의향이 있었고, 내가 그 사무소로 갈 수 있는지 알고 싶어 했다. 그렇게 되면 나는 파리에서 살 수 있을 것이며 일년 중 일부는 여행도 할 수 있을 것이다. "자네는 젊네, 그래서 자네 마음에 드는 삶일 것 같은데." 나는 그렇다고 수긍하고 나서, 하지만 사실 이러나저러나 나한테는 마찬가지라고 말했다. 사장은 내게 그렇다면 삶이 바뀌는 것에 관심이 없는 거냐고 물었다. 나는 누구나 삶은 절대로 바꾸지 못하고, 좌우간 모든 삶이 다 똑같이 가치 있으며, 여기서의 삶도 나한테는 전혀 나쁘지 않다고 대답했다. 사장은 불만스러워하는 기색이었다. 그는 내가 늘 딴청을 부리고 야망도 없다면서, 그런 점은 업무에 있어 고약한 거라고 말했다. 그래서 나는 하던 일을 계속하러 내 자리로 돌아왔다. 사장이 불만을 품게 만들지 않는 편이 더 나았을 테지만, 나는 내 삶을 바꿀 이유가 없었다. 곰곰이 잘 생각해 보니 나는 불행하지 않았다. 학생일 때는 그런 종류의 야망이 많았었다. 그러나 나는 학업을 포기해야만 했고, 그 모든 것이 실제로는 중요치 않다는 것을 아주 금세 깨달았다.

저녁에 마리가 나를 만나러 와서, 자기와 결혼하고 싶으냐고 물었다. 나는 이러나저러나 상관없으며, 그녀가 원한다면 결혼할 수도 있을 거라고 말했다. 그러자 그녀는 내가 자기를 사랑하는지 알고 싶어 했다. 나는 전에 이미 대답했던 것처럼, 그것은 아무런 의미도 없지만 아마도 사랑하지는 않는 것 같다고 대답했다. "그럼 왜 나랑 결혼을 하는 건데?" 그녀가 물었다. 나는 그건 전혀 중요치 않으며, 그녀가 원한다면 우리가 결혼할 수도 있다고 설명했다. 게다가 결혼을 원하는 쪽은 그녀였고, 나는 그저 그러겠다고 할 뿐이었다. 그러자 그녀는 결혼이란 심각한 일이라고 지적했다. 나는 "아냐."라고 대답했다. 그녀는 잠시 입을 다물고 있더니 조용히 나를 바라보았다. 그러고 나서 말했다. 그녀는 내가 자기와 같은 식으로 엮일 수도 있을 다른 여자가 같은 제안을 해도 받아들였을 것인지 그저 알고 싶어 했다. 나는 "당연하지."라고 말했다. 그러자 그녀는 자기가 나를 사랑하는 건지 아닌지 모르겠다며 혼잣소리를 했고, 나는 그 점에 관해서는 도통 알 수가 없었다. 또 침묵의 순간이 지난 후, 그녀는 내가 이상하다며 중얼거렸고, 아마도 그 점 때문에 나를 사랑하며 어쩌면 같은 이유 때문에 나를 역겨워 하게 될 거라고 말했다. 내가 아무 말도 덧붙이지 않고 입 다물고 있자, 그녀는 미소를 지으면서 내 팔을 잡고는 나와 결혼하고 싶다고 선언했다. 나는 그녀가 원하는 즉시 우리는 결혼을 하게 될 거라고 대답했다. 나는 그때 그녀에게 사장의 제안에 대해 얘기했고, 마리는 파리를 알고 싶다고 말했다. 나는 그녀에게 내가 파리에서 한동안 살았었다는 것을 알려 주었고, 그녀는 파리가 어떻더냐고 물었다. 나는 그녀에게 말했다. "더럽지. 비둘기들과 시커먼 마당들이 있어. 사람들의 피부는 하얗고."

그리고 나서 우리는 큰 거리들을 걸어서 시내를 관통했다. 여자들은 아름다웠고, 나는 마리에게 그녀도 그렇게 보았느냐고 물어보았다. 그녀는 그렇다고 하면서 나를 이해한다고 말했다. 잠깐 동안 우리는 아무 말도 하지 않았다. 그래도 나는 그녀와 함께 있고 싶어서 셀레스트의 식당에서 함께 저녁 식사를 할 수도 있노라고 그녀에게 말했다. 그녀는 몹시 그러고 싶어 했지만 할 일이 있었다. 그때 우리는 내 집 근처에 있었다. 나는 그녀에게 잘 가라고 말했다. 그녀는 나를 쳐다보면서 "내가 무슨 할 일이 있는 건지 알고 싶지 않아?"라고 말했다. 나는 알고 싶다고 했다. 하지만 물어볼 생각을 미처 못 했고, 그녀가 못마땅해 하는 점이 바로 그거였던 것 같다. 내가 당혹스러워하는 기색을 보이자 그녀는 또 웃었고, 내 쪽으로 온몸을 움직여서 입술을 내밀었다.

나는 셀레스트네 식당에서 저녁 식사를 했다. 막 먹기 시작했을 때 키가 작은 이상한 여인이 들어와서 내 테이블에 앉아도 되겠느냐고 물었다. 당연히 그래도 된다고 나는 대답했다. 그녀는 불규칙하게 발작적인 몸짓을 했고, 사과 모양의 작은 얼굴에서는 두 눈이 반짝거렸다. 여자는 재킷을 벗고 앉아서는 열에 들뜬 듯이 메뉴판을 들여다보았다. 그리고 셀레스트를 부르더니 명확하면서도 급한 목소리로 자기가 먹을 것들을 주문했다. 전채를 기다리는 동안 그녀는 가방을 열어서 정사각형의 조그만 종이와 연필을 꺼내어 미리 계산을 해 보고 나서, 작은 지갑에서 팁을 덧붙인 정확한 액수를 꺼내어 자기 앞에 놓았다. 그 순간 전채가 나왔고, 그녀는 엄청나게 빠른 속도로 먹어 댔다. 다음 요리를 기다리는 동안 이번에도 가방에서 파란색 연필과 그 주의 라디오 프로그램을 알려 주는 잡지를 꺼냈다. 그녀는 아주 정성껏 거의 모든 프로그램들에 하나씩 하나씩 표시를 했다. 그 잡지는 십여 페이지였으므로, 식사하는 내내 그 일을 꼼꼼히 계속했다. 내가 식사를 끝낸 후에도 그녀는 여전히 열심히 표시를 했다. 곧이어 그녀가 일어나더니 아까와 같이 자동인형 같은 정확한 동작으로 재킷을 입고는 가 버렸다. 할 일이 없었으므로 나도 밖으로 나가서 잠시 그녀를 따라가 보았다. 그녀는 보도 가장자리로 가더니 믿을 수 없을 만큼 빠르고도 확실하게, 그 가장자리를 벗어나지도 않고 뒤돌아보지도 않으면서 길을 따라갔다. 나는 결국 그녀를 시야에서 놓쳐 버렸고, 가던 길로 되돌아왔다. 이상한 여자라고 생각했다. 하지만 금세 잊어버렸다.

내 집 문턱에서 살라마노 노인을 발견했다. 나는 그를 집 안으로 들였고, 그는 내게 자기 개를 아주 잃어버렸다고 알려 주었다. 왜냐하면 그 개가 동물 보호소에 있지 않았으니까. 보호소 직원들이 노인에게 어쩌면 그 개가 차에 깔려 죽었을 거라고 말했다고 한다. 노인은 그런지 아닌지 경찰서에서 알 수 있냐고 물어보았다고 한다. 그랬더니 그런 일들은 매일 일어나기 때문에 그에 관한 흔적은 기록으로 보관해 두지도 않는다고 대답했다고 한다. 나는 살라마노 노인에게 다른 개도 있지 않느냐고 말했지만, 노인은 그 개에 익숙해져 있다는 점을 환기시켰다. 노인이 옳았다.

나는 침대에 웅크리고 있었고, 살라마노는 테이블 앞 의자에 앉아 있었다. 노인은 나와 정면으로 마주한 채 두 손은 무릎 위에 두고 있었다. 그는 낡은 펠트 모자를 여전히 쓰고 있었다. 그리고 노랗게 된 콧수염 아래로 몇 마디 중얼거리고 있었다. 나는 노인 때문에 좀 지겹긴 했지만, 달리 할 일도 없었고 졸리지도 않았다. 그저 무슨 말이라도 하기 위해 노인에게 개에 대해 물었다. 노인은 아내가 죽은 후 그 개를 갖게 되었다고 말했다. 노인은 꽤 늦게 결혼했다. 젊었을 때는 연극을 하고 싶었다고 한다. 군대에서 군 관련 희극에 출연했었다고 한다. 그런데 결국에는 철도 회사에 들어갔고, 그것을 후회하지는 않았다. 이제는 퇴직 연금을 좀 받으니 말이다. 아내와 행복하지는 않았지만, 전반적으로는 그녀에게 익숙해져 있었다. 아내가 죽자 노인은 외로움을 몹시 느꼈다고 한다. 그래서 작업장 동료에게 개 한 마리를 부탁했고, 아주 어린 그 개를 얻게 되었던 것이다. 노인은 우유를 먹여 가며 그 개를 키웠다. 그러나 개는 인간보다 수명이 짧으므로, 그들은 결국 함께 늙어 버렸다. "그놈은 성질이 못됐다오. 우리는 가끔씩 말다툼을 하기도 했지. 그래도 어쨌든 착한 개였네."라고 노인이 말했다. 내가 그 개는 좋은 종자에 속한다고 말했더니, 노인이 좋아하는 눈치였다. "게다가 자네는 그 개가 아프기 전에 어땠는지 모르잖은가. 털이 더없이 아름다웠지."라고 노인은 덧붙였다. 개가 피부병을 앓고 난 이후로는 매일 아침저녁으로 그 개에게 연고를 발라 주었다. 하지만 노인에 따르면, 그 개의 진정한 질병은 노화였다. 노화는 치유되지 않는다.

그 순간 나는 하품을 했고, 노인은 이제 그만 가겠다고 했다. 나는 노인에게 그냥 있어도 된다고 말했고, 개한테 무슨 일이 일어났는지 나도 걱정이 된다고 말했다. 노인은 내게 고맙다고 했다. 그리고 나의 엄마가 그 개를 많이 좋아했다고 말했다. 엄마 이야기를 할 때 노인은 "자네의 불쌍한 어머니."라고 불렀다. 노인은 엄마가 죽은 이후로 내가 매우 불행할 것이라고 짐작하고서 그 생각을 전한 것이다. 나는 아무 대답도 하지 않았다. 그러자 노인은 아주 빠르게, 그리고 거북스러워하며 말했다. 내가 어머니를 양로원에 보냈기 때문에 동네 사람들이 나를 잘못 판단하고 있다는 것을 자기도 알지만, 자기는 나를 잘 알고 있으며 내가 엄마를 많이 사랑한다는 것도 알고 있다고 말이다. 나는,

그때까지 그 일에 대해 사람들이 나를 그렇게 판단하는지도 몰랐고, 내가 엄마를 돌봐 줄 사람을 둘 만큼 돈이 충분하지 않으므로 양로원이 내게는 자연스런 해결책으로 보였다고 대답했다. 내가 왜 그렇게 말했는지 아직까지도 모르겠다. 그리고 덧붙였다. "게다가 엄마는 저한테 할 말이 아무것도 없게 된 지 오래되었고, 그래서 홀로 너무나 쓸쓸해 하셨습니다." 그러자 노인이 말했다. "그렇지. 양로원에서는 최소한 동무들을 사귈 수가 있으니까." 그러고 나서 사과를 했다. 노인은 자러 가야겠다고 했다. 그의 삶은 이제 바뀌었고, 그는 뭘 해야 할지 모르고 있었다. 노인을 알게 된 이래 처음으로 그가 내게 은근한 동작으로 손을 내밀었다. 노인의 피부 껍질이 느껴졌다. 노인은 살짝 미소 짓더니, 가기 전에 말했다. "오늘 밤에는 개들이 짖지 않았으면 좋겠네. 개가 짖어 대면 여전히 그게 내 개일 것만 같거든."

6

　일요일, 잠에서 깨어나기가 힘들어서 마리가 나를 부르며 흔들어야 했다. 우리는 일찍 수영을 하고 싶어서 식사도 하지 않았다. 나는 완전히 비어 버린 느낌이었고, 머리가 좀 아팠다. 그리고 담배 맛이 썼다. 마리는 나를 놀렸다. 나더러 "음울한 얼굴"을 하고 있다고 말했으니까. 그녀는 하얀 천으로 된 원피스를 입었고 머리는 풀어 놓았다. 내가 그녀에게 아름답다고 말하자 그녀는 즐거워하며 웃었다.

　우리는 내려가다가 레몽의 집 문을 두드렸다. 그는 우리에게 내려가겠노라고 대답했다. 거리에 나오자 피로 때문에, 그리고 우리가 덧창을 열어 놓지 않았던 탓에, 이미 훤한 대낮이 내 따귀라도 때린 양 나는 몹시 놀랐다. 마리는 좋아서 펄쩍펄쩍 뛰었고, 날씨가 좋다는 얘기를 쉬지 않고 해 댔다. 나는 기분이 좀 나아졌고, 배고픔을 느꼈다. 마리에게 배가 고프다고 말하자 그녀는 우리 두 사람의 수영복과 수건 하나를 넣은 방수 천 가방을 보여 주었다. 나는 기다릴 수밖에 없었고, 레몽이 자기 집 문을 닫는 소리가 들려왔다. 그는 파란색 바지와 흰색 반팔 셔츠를 입고 있었다. 그런데 둥글납작한 모자를 쓰고 있어서, 그걸 보고 마리가 웃어 댔다. 검은 털 아래 드러난 그의 팔뚝은 매우 하얬다. 그것이 나는 좀 역겨웠다. 그는 휘파람을 불며 내려왔고, 기분이 아주 좋아 보였다. 그가 "안녕, 친구."라고 말했고, 마리를 "마드무아젤."이라고 불렀다.

전날, 우리는 경찰서에 갔었고, 나는 레몽의 옛 애인이 그에게 "잘못했다."고 증언했다. 그래서 레몽은 경고만 받고 풀려났다. 경찰은 내 진술의 진위를 확인해 보지도 않았다. 문 앞에서 우리는 레몽과 그 일에 관해 얘기하고 난 뒤 버스를 타기로 결정했다. 해변은 그리 멀지 않았지만 그렇게 하면 더 빨리 가게 될 테니까. 레몽은 우리가 일찍 도착하면 자기 친구가 좋아할 거라고 생각했다. 우리가 막 출발하려던 차에 레몽이 갑자기 정면을 보라는 신호를 보냈다. 그래서 보니 담배 가게 진열장에 등을 대고 있는 아랍 인들이 눈에 들어왔다. 그들은 말없이 우리를 쳐다보고 있었는데, 정확히 그들의 전형적인 방식으로, 마치 우리가 돌이나 죽은 나무인 양 바라보았다. 레몽은 그들 중 왼쪽에서 두 번째가 바로 그 녀석이라고 내게 말하더니 곧이어 근심하는 기색이었다. 그렇지만 이제는 끝난 얘기라고 레몽은 덧붙였다. 마리는 잘 이해하지 못하고, 우리에게 무슨 일이냐고 물었다. 나는 그녀에게 레몽한테 앙심을 품은 아랍 인들이라고 말해 주었다. 그녀는 당장 출발하고 싶어 했다. 레몽이 가슴을 펴더니 서둘러야 한다며 웃었다.

우리는 좀 더 떨어져 있는 버스 정류장 쪽으로 갔다. 레몽은 내게 그 아랍 인들이 우리를 따라오지 않는다고 알려 줬다. 나는 뒤를 돌아보았다. 아랍 인들은 여전히 같은 자리에 있었고, 우리가 방금 떠난 장소를 아까처럼 똑같이 무심히 바라보고 있었다. 우리는 버스를 탔다. 이제 완전히 안심한 듯 보이는 레몽이 마리에게 쉬지 않고 농담을 해 댔다. 그가 그녀를 마음에 들어 하는 것 같았다. 그런데 마리는 레몽에게 거의 대꾸하지 않았다. 가끔씩 웃으면서 그를 바라보곤 했다.

우리는 알제의 변두리에서 내렸다. 해변은 버스 정류장에서 멀지 않았다. 그러나 작은 고원(高原)을 통과해야 했다. 그 고원은 바다를 내려다보고 있고, 해변 쪽으로는 내리막길이었다. 이미 강렬하게 파란 하늘 아래 그 고원은 누르스름한 돌들과 새하얀 수선화들로 덮여 있었다. 마리는 자신의 방수 천 가방으로 그 꽃들을 세차게 후려쳐서 꽃잎을 흩뜨리며 재미있어 했다. 우리는 초록색 또는 흰색 울타리가 있는 작은 별장들이 늘어선 사이를 걸었다. 어떤 집들은 자기네 베란다와 함께 타마리스크 나무 아래 숨어 있었고, 어떤 집들은 돌밭 한가운데 드러나 있었다. 고원 가장자리에 도착하기도 전에 벌써부터 잔잔한 바다를 볼 수 있었고, 더 멀리에는 투명한 물속에서 반쯤 졸고 있는 육중한 곶이 보였다. 약한 모터 소리가 조용한 대기 속에서 우리에게까지 들려왔다. 그래서 우리는 아주 멀리에 작은 트롤선이 찬란한 바다 위를 감지할 수 없을 만큼 조금씩 앞으로 나아가고 있는 것을 보게 되었다. 마리는 바위의 붓꽃을 땄다. 바다로 내려가는 비탈길에서 우리는 벌써 해수욕객들이 몇몇 있는 것을 보았다.

레몽의 친구는 해변 끄트머리에 목재로 지어진 작은 별장에 살고 있었다. 그 집은 바위들을 등지고 있었고, 집의 정면을 받치고 있는 말뚝들은 이미 물속에 잠겨 있었다. 레몽이 우리를 소개했다. 레몽의 친구의 성(姓)은 마쏭이었다. 키가 크고, 허리와 어깨가 우람한 사내였다. 그의 아내는 작고 포동포동하고 상냥하며, 파리 억양을 지닌 여자였다. 마쏭은 우리에게 편하게 있으라고 얼른 말하고는, 바로 그날 아침에 자기가 잡은 생선들을 튀긴 요리가 있다고 했다. 나는 마쏭에게 집이 아주 예쁘다고 말했다. 마쏭은 토요일, 일요일, 휴일은 모두 다 거기 와서 지낸다고 알려 줬다. "사람들은 내 아내와 잘 지내지요."라고 그는 덧붙였다. 아닌 게 아니라 그의 아내가 마리와 웃고 있었다. 나는 그때 아마도 처음으로 결혼을 해야겠다고 정말로 생각했다.

마쏭은 수영을 하고 싶어 했지만 그의 아내와 레몽은 내키지 않아 했다. 우리 셋이서 내려갔고, 마리는 곧바로 물속에 뛰어들었다. 마쏭과 나는 좀 기다렸다. 그는 말을 천천히 했다. 그리고 앞서 한 얘기에 대해 "그리고 덧붙이자면."이라고 덧붙이는 버릇이 있다는 것을 나는 알아챘다. 심지어는 사실상 자기가 한 말의 의미에다 덧붙일 것이 없을 때조차 그랬다. 마리에 대해서는 "근사하네요. 그리고 덧붙이자면, 매력적이네요."라고 말했다. 그 다음부터 나는 그 버릇에 더 이상 신경 쓰지 않았다. 햇빛 때문에 기분이 좋아지는 것을 느끼느라 여념이 없었기 때문이다. 모래가 발밑에서 뜨거워지기 시작했다. 나는 물에 들어가고 싶은 욕구를 또 참았다가 결국 마쏭에게 "들어갈까요?"라고 말했다. 나는 물속으로 뛰어들었다. 마쏭은 물속으로 천천히 들어오더니 발이 바닥에 닿지 않자 물속에 몸을 던졌다. 그는 평영으로 헤엄쳤는데 잘하지는 못해서, 나는 그를 놔두고 마리에게 갔다. 물은 차가웠고, 나는 헤엄치는 것이 기분 좋았다. 나는 마리와 함께 멀리까지 갔고, 몸짓이나 만족감 속에서 우리가 일치되는 것을 느꼈다.

먼 바다에서 우리는 배영 자세로 물위에 누웠고, 하늘로 향한 내 얼굴 위에서는 태양이 젖혀 놓았던 커튼처럼 막 밀려온 파도의 물이 내 입 속으로 흘러들었다. 우리는 마쏭이 햇볕에 누워 있으려고 해변으로 다시 가는 것을 보았다. 멀리, 그가 거대해 보였다. 마리는 나와 함께 수영하고 싶어 했다. 나는 마리의 허리를 잡기 위해 그녀 뒤에 자리했고, 내가 발장구를 치면서 그녀를 도와주는 동안 그녀는 팔 힘으로 앞으로 나아갔다. 얻어맞는 물의 작은 소리가 우리를 계속 쫓아왔다. 그 아침나절에 내가 피곤함을 느낄 때까지. 나는 마리를 놔두고, 일정한 속도로 호흡을 잘하면서 헤엄쳐 돌아왔다. 해변에서는 마쏭 근처에 배를 깔고 누워서 얼굴을 모래 속에 파묻고 있었다. 나는 그에게 "좋았어요."라고 말했고, 그도 같은 생각이었다. 잠시 후 마리가 왔다. 나는 몸을 돌려 그녀가 걸어오는 것을 바라보았다. 그녀의 몸은 짠물로 아주 끈적거렸고, 머리카락은 뒤로 하고 있었다. 그녀는 나와 옆구리를 맞대고 나란히 누웠으며, 그녀 몸의 열기와 태양의 열기가 나를 좀 잠들게 해 주었다.

마리가 나를 흔들어 깨우더니 마쏭이 자기 집으로 다시 올라갔다고 말했다. 점심 식사를 해야 했던 것이다. 나는 배가 고파서 얼른 일어났다. 하지만 마리는 내가 그날 아침부터 자기를 한 번도 안아 주지 않았다고 말했다. 그것은 사실이었고, 나도 그러고 싶었다. "물속으로 가자." 그녀가 말했다. 우리는 달려가서 첫 번째 작은 파도들 속에서 몸을 쭉 뻗었다. 우리는 몇 미터 헤엄쳐 갔고, 그녀는 내게 딱 달라붙었다. 그녀의 다리가 내 다리를 휘감는 것이 느껴졌고, 나는 그녀를 욕망하게 되었다.

우리가 돌아가는데, 마쏭이 우리를 벌써부터 부르고 있었다. 내가 몹시 배고프다고 말하자, 그는 즉시 아내에게 내가 마음에 든다고 말했다. 빵은 맛있었고, 나는 내 몫의 생선을 먹어 치웠다. 그 다음으로는 고기와 감자튀김이 나왔다. 우리는 모두 아무 말 없이 먹었다. 마쏭은 포도주를 자주 마셨고, 내게도 쉬지 않고 따라주었다. 커피를 마실 때 나는 머리가 좀 무거웠고, 담배를 많이 피웠다. 마쏭, 레몽, 나 이렇게 우리 모두는 공동으로 비용을 부담하여 8월을 해변에서 함께 보낼 계획을 의논했다. 그때 불쑥 마리가 말했다. "몇 시인지 아세요? 열한 시 반이에요." 우리는 모두 놀랐지만, 마쏭은 우리가 점심을 아주 일찍 먹었으며, 점심 식사 시간이란 배가 고픈 시간을 말하는 것이므로 일찍 먹은 게 당연한 일이라고 말했다. 그 얘기에 왜 마리가 웃었는지 나는 모르겠다. 아마도 그녀는 포도주를 너무 많이 마셨나 보다. 그때 마쏭이 나에게 자기와 함께 해변 산책을 하지 않겠느냐고 물었다. "내 아내는 점심 식사 후에 늘 낮잠을 자거든요. 나는 그거 안 좋아해요. 나는 좀 걸어야 해요. 그게 건강에 더 좋다고 아내에게 늘 말하죠. 하지만 뭘 하든 아내의 권리지요." 마리는 남아서 마쏭 부인의 설거지를 돕겠다고 했다. 귀여운 파리 여인은 그러려면 남자들을 내보내야 한다고 말했다. 우리 셋은 바닷가로 내려갔다.

태양이 거의 수직으로 모래 위에 내리쬐었고, 바다 위의 섬광은 견디기 힘들었다. 해변에는 더 이상 아무도 없었다. 고원에 줄지어 있어 바다 위쪽에 위치한 별장들에서는 접시 및 식기들의 소리가 들렸다. 땅에 있는 돌들로부터 열기가 올라와서 겨우 숨을 쉬었다. 레몽과 마쏭은 내가 알지 못하는 일과 사람들에 관한 얘기를 우선 나눴다. 나는 그들이 알고 지낸 지 오래되었고, 한때는 함께 살기까지 했다는 것을 알게 되었다. 우리는 물가로 가서 바다를 끼고 걸었다. 가끔씩, 다른 파도들보다 더 기다란 작은 파도가 밀려와 우리의 운동화를 적셨다. 모자도 안 쓴 머리에 내리쬐는 태양 때문에 나는 반쯤 잠들어 있어서 아무 생각도 하지 않았다.

그 순간, 레몽이 마쏭에게 뭔가를 말했는데 내 귀에는 잘 들리지 않았다. 그런데 바로 그때, 해변의 맨 끄트머리 즉 우리와 아주 멀리 떨어진 곳에, 파란 작업복 차림의 아랍 인 두 명이 우리 쪽으로 오고 있는 것이 보였다. 나는 레몽을 쳐다보았고, 그는 내게 "그자야."라고 말했다. 우리는 계속 걸어갔다. 마쏭은 그들이 어떻게 우리를 여기까지 쫓아올 수 있었을까 물었다. 나는 우리가 비치백을 들고 버스에 올라타는 것을 그들이 봤을 거라고 생각했지만, 아무 말도 하지 않았다.

아랍 인들은 천천히 다가왔고, 벌써 훨씬 가까이 와 있었다. 우리는 걷는 속도를 바꾸지 않았다. 그런데 레몽이 말했다. "만약 싸움이 벌어지면 마쏭, 너는 두 번째 놈을 맡아. 나는 내 상대를 맡을 테니까. 뫼르소, 너는 또 다른 놈이 오면 그놈을 상대해." 나는 "그러지."라고 말했고, 마쏭은 손을 주머니에 넣었다. 모래는 너무 뜨거워져서 이제는 벌겋게 보였다. 우리는 고른 발걸음으로 아랍 인들 쪽으로 갔다. 그들과 우리 사이의 거리는 규칙적으로 줄어들었다. 서로 떨어진 거리가 몇 발자국 남았을 때 아랍 인들이 멈춰 섰다. 마쏭과 나는 발걸음을 늦추었다. 레몽이 그의 상대에게로 곧장 갔다. 나는 그가 뭐라고 했는지 잘 듣지 못했는데, 상대방이 레몽에게 박치기를 할 기세였다. 그러자 레몽이 먼저 한 대 치고 나서 곧이어 마쏭을 불렀다. 마쏭은 자기가 맡기로 한 자에게 가서 자신의 온 체중을 다 실어 두 차례 쳤다. 그 아랍 인은 물속에 얼굴을 처박으며 뻗어 버리고는 몇 초 동안 그러고 있었다. 그 아랍 인의 머리 주위에서 물방울들이 수면으로 올라와 터졌다. 그러는 동안 레몽도 상대를 후려쳐서 얼굴을 피투성이로 만들었다. 레몽은 내 쪽으로 몸을 돌리더니 "이놈이 어떻게 되는지 봐."라고 말했다. 나는 그에게 "조심해, 그자가 칼을 갖고 있어!"라고 소리쳤다. 그러나 벌써 레몽은 팔이 상처로 벌어졌고, 입이 베었다.

마쏭이 앞으로 펄쩍 뛰었다. 그러나 다른 아랍 인이 일어나서 칼을 갖고 있던 자 뒤에 자리 잡았다. 우리는 차마 움직이지 못했다. 그들은 계속 쳐다보며 칼로 위협해 우리를 꼼짝 못하게 하면서 천천히 뒤로 물러났다. 그들은 충분히 거리가 확보되자 아주 빠르게 달아나 버렸고, 그러는 동안 우리는 태양 아래서 꼼짝 않고 있었으며, 레몽은 핏방울이 뚝뚝 떨어지는 팔을 꽉 붙잡고 있었다.

마쏭은 즉각, 일요일마다 그 고원에서 지내려고 오는 의사가 한 명 있다고 말했다. 레몽은 당장 의사에게 가고 싶어 했다. 하지만 그가 말을 할 때마다 상처에서 나온 피가 입속에서 거품을 일으켰다. 우리는 그를 부축하여 가능한 한 빨리 별장으로 돌아왔다. 별장에 오자 레몽은 상처가 살갗에만 났으므로 의사에게 갈 수 있다고 했다. 그는 마쏭과 함께 갔고, 나는 남아서 해변에서 일어난 일을 여자들에게 설명해 주었다. 마쏭 부인은 눈물을 흘렸고, 마리는 아주 창백해졌다. 나는 그들에게 설명하는 일이 귀찮았다. 결국 입을 다물었고, 바다를 바라보며 담배를 피웠다.

한 시 반쯤 레몽과 마쏭이 돌아왔다. 레몽은 팔에 붕대를 감고 있었고, 입 가장자리에는 반창고를 붙이고 있었다. 의사가 그에게 대단치 않다고 말했다지만 레몽은 아주 침울한 표정이었다. 마쏭은 그를 웃게 만들려고 애를 썼다. 하지만 레몽은 여전히 말을 하지 않았다. 레몽이 해변으로 내려간다고 말했을 때, 나는 그에게 어디를 가려는 거냐고 물었다. 마쏭과 나는 우리도 함께 가겠다고 말했다. 그러자 레몽은 화를 내면서, 우리에게 욕을 해 댔다. 마쏭은 레몽의 신경을 거스르지 말아야 한다고 내게 말했다. 그래도 나는 레몽을 뒤쫓아 갔다.

우리는 오래도록 해변을 걸었다. 태양이 이제는 우리를 짓누르는 듯했다. 햇빛이 모래밭과 바다 위에서 산산이 부서졌다. 나는 레몽이 어딘가를 작정하고 간다는 느낌이 들었었는데, 아마도 그게 아니었나 보다. 해변의 맨 끝에서 우리는 마침내 커다란 바위 뒤에서 모래밭으로 흐르는 작은 샘에 도착했다. 거기 갔더니 두 아랍 인이 있었다. 그들은 기름이 밴 파란 작업복을 입은 채 누워 있었다. 완전히 평온하고 거의 만족스러워하는 표정이었다. 우리가 갔는데도 아무런 변화가 없었다. 레몽을 때린 아랍 인이 아무 말 없이 레몽을 쳐다보았다. 다른 아랍 인은 조그만 갈대 피리를 불고 있었는데, 우리를 곁눈질하면서 그 악기에서 낼 수 있는 세 가지 음을 계속 반복했다.

그러는 내내 그곳에는, 샘물의 조그만 소리와 그 세 음과 더불어 태양과 침묵밖에 없었다. 곧이어 레몽이 자기 호주머니에 있는 리볼버 권총에 손을 가져갔다. 그러나 상대방은 움직이지 않았고, 그 둘은 여전히 서로를 쳐다보고 있었다. 나는 갈대 피리를 부는 자의 발가락들이 아주 넓게 벌어져 있는 것을 보게 되었다. 그런데 레몽이 자신의 적수에게서 눈을 떼지 않은 채 내게 물었다. "저자를 쓰러뜨려 버릴까?" 만약 내가 안 된다고 하면 그가 혼자 흥분해서 쏠 게 분명하다고 나는 생각했다. "저놈이 너한테 아직 말을 걸지 않았잖아. 그런 식으로 쏘면 말썽이 날 거야." 침묵과 열기 한가운데서 조그만 물소리와 갈대 피리 소리가 또 들렸다. 그리고 레몽이 말했다. "그럼 내가 저놈을 모욕할게. 그리고 저놈이 대꾸하면 그때 쏴 버릴게." 나는 "그래. 하지만 저놈이 칼을 뽑지 않으면 너는 총을 쏠 수 없어." 레몽이 좀 흥분하기 시작했다. 다른 아랍 인은 여전히 갈대 피리를 불고 있었고, 둘 다 레몽의 동작 하나하나를 관찰하고 있었다. "아냐. 그를 남자 대 남자로 공격해. 권총은 내게 줘. 다른 놈이 끼어들거나 칼을 빼내면 내가 그놈을 쏠게."

레몽이 권총을 내게 주었을 때, 권총 위로 햇빛이 미끄러졌다. 그렇지만 우리는 아직 움직이지 않고 있었다. 마치 우리 주위의 모든 것이 막혀 있는 듯 말이다. 우리는 눈을 내리뜨지 않고 서로를 바라보고 있었으며, 바다, 모래밭과 태양, 갈대 피리와 물이 만들어 낸 이중의 침묵 사이에서 멈춰 버렸다. 나는 그 순간 총을 쏠 수도 있고 안 쏠 수도 있다고 생각했다. 그런데 느닷없이 아랍 인들이 뒷걸음질 쳐서 바위 뒤로 슬그머니 가 버렸다. 그래서 레몽과 나는 발길을 돌렸다. 레몽은 이제 기분이 좀 나아 보였고, 돌아가는 버스에 대해 말했다.

나는 레몽과 함께 별장까지 왔다. 레몽이 나무 계단을 오르는 동안 나는 첫 번째 계단 앞에 머물러 있었다. 태양 때문에 머리가 울렸고, 나무 계단을 올라가서 또 여자들을 대하느라 들여야 할 노력을 생각하니 올라갈 의욕이 안 생겼다. 하지만 하늘에서 비처럼 쏟아지는 눈부신 햇빛 아래 꼼짝 않고 있는 것도 괴로울 정도로 열기가 너무 심했다. 여기 그대로 있거나 다른 데로 가거나 마찬가지였다. 잠시 후 나는 해변 쪽으로 몸을 돌려 걷기 시작했다.

아까와 마찬가지로 태양은 벌겋게 작열했다. 모래 위에서는 바다가 작은 파도들의 빠르고 억눌린 호흡으로 헐떡거리고 있었다. 나는 바위들을 향해 천천히 걸었고, 내 이마가 태양 아래서 부풀어 오르는 것이 느껴졌다. 그 모든 열기가 나를 짓눌렀고, 내가 앞으로 나아가는 것을 방해했다. 얼굴에서 태양의 뜨겁고 큰 숨결이 느껴질 때마다 나는 이를 꽉 물었고, 바지 호주머니 속에서 주먹을 쥐었으며, 태양과 그 태양이 내게 쏟아 내는 불가해한 취기를 이겨 내려고 내 온몸이 긴장했다. 모래, 하얘진 조개나 유리 조각에서 분출되는 빛의 칼이 나타날 때마다 입을 앙

다물었다. 나는 오래도록 걸었다.

빛과 바다 물보라 때문에 눈부신 후광에 둘러싸인 바위가 멀리서 작고 거무튀튀한 덩어리처럼 보였다. 그 바위 뒤에 있는 시원한 샘이 생각났다. 그 물의 중얼거림을 다시 찾고 싶었고, 태양과 수고로움과 여자들의 눈물을 피하고 싶었으며, 그늘과 그늘의 휴식을 되찾고 싶었다. 그러나 더 가까이 가자, 레몽의 그놈이 돌아와 있는 것이 보였다.

그는 혼자였다. 두 손으로 목덜미를 괸 채 얼굴은 바위 그늘 속에 있게 하고, 몸은 햇빛을 받는 자세로 등을 대고 누워 있었다. 그의 작업복은 열기 속에서 김을 뿜어 내고 있었다. 나는 좀 놀랐다. 나한테는 이미 끝난 이야기였고, 그래서 그 생각을 하지 않으면서 거기 왔던 것이다.

그는 나를 보자 몸을 좀 일으키더니 손을 호주머니에 넣었다. 나 역시 내 윗도리에 있는 레몽의 권총을 꽉 쥐었다. 그때 그가 다시 몸을 눕혔지만, 호주머니에서 손을 빼지는 않은 상태였다. 나는 그에게서 꽤 멀리, 십여 미터쯤 떨어진 거리에 있었다. 그의 반쯤 감긴 눈꺼풀 아래로 이따금씩 그의 시선이 짐작되었다. 그러나 대체로 그의 형상은 타오르는 대기 속에서 내 눈 앞에 일렁이고 있었다. 파도 소리는 정오 때보다 훨씬 더 둔했고 더 평온했다. 같은 태양, 같은 모래 위의 같은 빛이 여기서 연장되고 있었다. 낮이 더 이상 앞으로 나아가지 않은 지 벌써 두 시간이나 되었고, 그 낮이 부글부글 끓는 금속 같은 대양(大洋)에 닻을 내린 지도 두 시간이 되었다. 수평선에는 작은 증기선이 지나갔고, 나는 내 시선의 가장자리로 그 배의 검은 반점을 분간해 냈다. 왜냐하면 내가 아랍 인을 바라보는 것을 멈추지 않고 있었으니까.

나는 할 거라고는 돌아가는 일밖에 없다고 생각했다. 그러면 끝났을 것이다. 하지만 태양이 진동하는 해변 전체가 내 뒤에서 날 압박하고 있었다. 나는 샘 쪽으로 몇 걸음 나아갔다. 아랍 인은 움직이지 않았다. 그래도 어쨌든 그는 아직 꽤 멀리 있었다. 아마도 그의 얼굴에 드리운 그늘 때문인지 그는 웃는 것처럼 보였다. 나는 기다렸다. 태양의 불길이 내 뺨에 번졌고, 눈썹에 땀방울이 고이는 게 느껴졌다. 엄마의 장례식을 치렀던 날과 같은 태양이었고, 그때처럼 이마가 특히 아팠으며, 이마의 모든 혈관이 피부 아래에서 다 함께 팔딱팔딱 뛰었다. 더 이상 참을 수 없는 그 열기 때문에 나는 앞으로 움직였다. 그것은 어리석은 짓이며, 내가 한 발자국 옮긴다고 해서 태양을 치워 버릴 수는 없다는 것을 나는 알고 있었다. 하지만 나는 한 발자국, 딱 한 발자국 앞으로 나아갔다. 그런데 이번에는 그 아랍 인이 몸을 일으키지도 않은 채 칼을 꺼내 햇빛 속에서 내게 내보였다. 빛이 그 강철 위에서 반사하였는데, 마치 번득이는 긴 칼날이 내 이마에 도달하는 것 같았다. 그와 동시에 내 눈썹에 모여 있던 땀방울이 단번에 눈꺼풀 위로 흐르더니 미지근하고 두터운 베일이 되어 눈을 덮어 버렸다. 눈물과 소금으로 된 그 장막 뒤에서 내 눈은 앞을 보지 못했다. 나는 내 이마에서 태양이 심벌즈처럼 울려 대는 것밖에 느끼지 못했다. 그리고 희미하게, 여전히 내 바로 앞에 있는 칼에서 분출되는 번쩍이는 양날 외에는 아무것도 느끼지 못했다. 그 불타는 검이 내 속눈썹을 물어뜯고 고통스런 내 눈을 후벼 대는 것 같았다. 바로 그때 모든 것이 비틀거렸다. 바다는 두텁고 뜨거운 숨결을 휩쓸어왔다. 불이 내리도록 하늘이 활짝 열리는 것만 같았다. 나의 온 존재가 긴장했고, 내 손은 권총을 꽉 쥐었다. 방아쇠가 굴복했고, 내 손은 권총 자루의 반들반들한 배에 닿았다. 바로 거기서, 메마르면서도 귀를 멍하게 하는 소음 속에서, 모든 것이 시작되었다. 나는 땀과 태양을 뒤흔들었다. 낮의 안정, 내가 행복을 느꼈던 해변의 특별한 침묵을 내가 파괴했다는 것을 깨달았다. 그때 나는 꼼짝도 않는 몸에다 또 네 발이나 쏘아 댔다. 보이지 않게, 총알들이 몸속에 박혀 버렸다. 그리고 그것은 불행의 문을 두드리는 네 차례의 짧은 노크 같았다.

2부

1

나는 체포되고 나서 당장 여러 차례 신문(訊問)을 받았다. 그러나 인정 신문(人定訊問)이어서 오래 계속되지는 않았다. 경찰서에 처음 갔을 때는 내 사건에 아무도 관심 갖지 않는 것 같았다. 반면, 일주일 후 예심 판사는 호기심을 갖고 나를 쳐다보았다. 하지만 그저 내 이름, 주소, 직업, 출생일과 출생지를 묻기만 했다. 그리고 나서 내가 변호사를 정했는지 알고 싶어 했다. 나는 아니라고 말하고 나서 변호사를 정하는 것이 반드시 필요한지 그에게 물었다. "왜요?" 그가 반문했다. 나는 내 사건을 매우 단순한 사건으로 생각한다고 대답했다. 그러자 예심 판사는 미소 지으며 말했다. "그건 하나의 견해죠. 그런데 법이라는 게 있습니다. 만약 당신이 변호사를 선임하지 않으면 우리가 국선 변호사를 지정해 줄 겁니다." 나는 사법부에서 그런 세부 사항을 담당해 주다니 아주 편리하다고 생각했다. 예심 판사에게 그 생각을 말했다. 그는 내 말에 동의하고, 법이 잘 만들어졌다고 결론지었다.

처음에는 예심 판사를 대수롭지 않게 여겼다. 그는 커튼이 처진 방에서 나를 맞아 주었는데, 책상에는 램프 하나밖에 없었다. 그 램프가 비추고 있는 안락의자에 나를 앉게 하고, 그 자신은 어두운 곳에 머물러 있었다. 나는 그 비슷한 묘사를 책에서 이미 읽은 적이 있었고, 그 모든 것이 장난처럼 보였다. 대화를 나눈 후, 이번에는 내가 그를 쳐다보았다. 섬세한 얼굴선, 움푹 들어간 커다랗고 파란 눈, 긴 잿빛 콧수염과 거의 백발에 가까운 숱이 많은 머리칼을 가진 남자였다. 내 보기에 그는 매우 합리적인 사람 같았다. 간혹 입을 잡아당기는 신경질적인 경련에도 불구하고, 요컨대 호감 가는 사람이었다. 방을 나오면서 그에게 손을 내밀기까지 할 뻔했으나, 내가 사람을 죽였다는 사실이 마침 떠올랐다.

다음 날, 한 변호사가 감옥으로 나를 만나러 왔다. 키가 작고 통통하며 꽤 젊고, 머리카락을 정성껏 붙여 놓은 사람이었다. 더운데도 불구하고 그는 칙칙한 정장을 입고 있었고(나는 셔츠 차림이었다.), 끝이 접힌 칼라에다 검정색과 흰색의 굵은 줄무늬가 있는 이상한 넥타이를 하고 있었다. 그는 팔에 끼고 있던 가방을 내 침대 위에 내려놓고 자신을 소개하고 나서, 내 소송 자료를 검토해 보았다고 말했다. 내 사건은 미묘하긴 하지만 내가 그를 신뢰하기만 하면 성공을 의심치 않는다고 했다. 나는 그에게 감사하다고 했고, 그는 내게 "문제의 핵심으로 들어갑시다."라고 말했다.

변호사는 침대에 앉더니 내 사생활에 대해 이미 정보를 수집했다고 설명했다. 내 어머니가 최근 양로원에서 돌아가셨다는 것도 알고 있었다. 그래서 마렝고에서 조사를 했었다고 한다. 엄마 장례식 날 "내가 무심한 모습을 보였었다."는 것을 예심 판사들이 알게 되었다는 것이다. 내 변호사는 말했다. "이해하시겠습니까, 당신에게 그걸 묻는 게 나로서는 좀 거북합니다. 하지만 그건 매우 중요합니다. 내가 답변할 말을 영 찾지 못한다면 기소를 위해서는 대단한 논거가 될 겁니다." 변호사는 내가 도와주기를 바랐다. 그는 장례식 날 힘들었느냐고 물었다. 그 질문이 나를 몹시 놀라게 했다. 내가 그런 질문을 해야 할 입장이었다면 나는 아주 난처했을 것만 같았다. 하지만 나는 자문해 보는 습관을 좀 잃어버려서 그 점에 관해 정보를 주기가 힘들다고 대답했다. 분명히 엄마를 사랑하기는 했지만, 그것은 아무 의미 없었다. 정상적인 사람이라면 모두 자기가 사랑하는 사람들의 죽음을 다소 바란다고 나는 말했다. 여기서 변호사는 내 말을 끊더니 매우 흥분된 모습을 보였다. 그는 나로 하여금 법정에서나 예심 판사들에게 그런 말을 하지 않겠다는 약속을 하게 만들었다. 하지만 나는 신체적 욕구가 감정을 혼란스럽게 하는 일이 자주 있는 성격이라고 변호사에게 설명했다. 엄마 장례식을 치르던 날 나는 몹시 피곤했고 졸렸다. 그래서 나는 무슨 일이 일어나고 있는지도 제대로 자각하지 못했다. 내가 확실하게 말할 수 있는 것이라고는, 엄마가 죽지 않았으면 좋았으리라는 것이다. 하지만 변호사는 내 말에 만족스러워하는 것 같지 않았다. "그것으로는 충분치 않습니다."라고 그는 말했다.

변호사는 곰곰이 생각했다. 그는 그날 내가 자연스러운 감정을 억눌렀는지 물었다. 나는 그에게 "아니오, 그건 거짓이니까요." 그는 마치 내가 역겨움을 좀 불러일으킨 양 나를 이상하게 쳐다보았다. 그는 어찌됐든 양로원 원장과 직원들이 증인으로 소환될 것이며, "그로 인해 내가 아주 고약한 상황에 놓이게 될 수도 있을 것"이라고 거의 심술궂게 말했다. 나는 변호사에게 그 일은 내 사건과 아무 관계없다고 지적했지만, 그는 내가 사법과 한 번도 연관된 적이 없었던 것으로 보인다는 대꾸만 할 뿐이었다.

변호사는 화가 난 표정으로 가 버렸다. 나는 그를 더 붙들고서 그의 호감을 얻기를 바란다고 설명하고 싶었다. 더 잘 변호받고 싶어서가 아니라, 말하자면 그냥 자연스럽게. 무엇보다 내가 그를 불편하게 만드는 게 보였다. 그는 나를 이해하지 못해서 나를 좀 원망했다. 나는 내가 다른 모든 사람들과 같으며, 절대적으로 똑같다는 것을 그에게 분명히 말하고 싶었다. 하지만 그 모든 것이 사실상 대단히 유익할 것도 없었고, 나는 게으르기도 해서 포기해 버렸다.

얼마 안 되어 나는 다시 예심 판사에게 불려 갔다. 오후 2시였고, 이번에는 그의 사무실이 망사 커튼을 통해 부드럽게 새어 드는 빛으로 가득했다. 날씨는 아주 더웠다. 예심 판사는 나더러 앉으라고 하더니 아주 정중하게 내 변호사가 "뜻밖의 난처한 일이 생겨서" 오지 못했다고 말했다. 하지만 내게는 예심 판사의 질문에 대답하지 않고 내 변호사가 나를 도와줄 수 있을 때까지 기다릴 수 있는 권리가 있다고 했다. 나는 그냥 혼자서 대답할 수 있다고 말했다. 예심 판사는 테이블 위에 있는 버튼을 손가락으로 눌렀다. 젊은 서기 한 명이 와서 바로 내 등 뒤에 자리 잡았다.

우리는 둘 다 안락의자에 편안히 앉았다. 심문이 시작되었다. 예심 판사는 우선 사람들이 나를 과묵하고 감정을 드러내지 않는 성격이라고 묘사했다면서 내가 그 점에 대해 어떻게 생각하는지 알고 싶어 했다. 내가 대답했다. "별로 할 얘기가 없었기 때문입니다. 그러면 난 입을 다물죠." 예심 판사는 지난번처럼 미소 지었고, 그것이 최상의 이유라고 인정하고 나서 덧붙였다. "게다가 그것은 전혀 중요한 게 아니지요." 그는 입을 다물고 나를 바라보더니 꽤 급작스레 일어나서 아주 빠르게 말했다. "내게 흥미로운 것은 바로 당신입니다." 나는 그게 무슨 소리인지 잘 이해하지 못해서 아무런 대꾸도 하지 않았다. 그가 덧붙였다. "당신의 행동에는 내가 이해하지 못하는 것들이 있습니다. 내가 그것들을 이해할 수 있도록 당신이 도와주리라 확신합니다." 나는 모든 것이 아주 단순하다고 말했다. 그는 그날 나의 하루를 묘사해 보라고 다그쳤다. 나는 이미 그에게 했던 이야기를 되풀이했다. 레몽, 해변, 물놀이, 다툼, 다시 해변, 작은 샘, 태양, 다섯 발의 권총 발사. 한 마디 한 마디 할 때마다 그는 "음, 그렇군요."라고 말했다. 총에 맞아 뻗어 버린 몸에 대한 대목에 이르자 그는 "됐어요."라고 하며 이제 그만해도 됨을 알렸다. 그런데 나는 그런 식으로 같은 이야기를 반복하는 게 진력났다. 그렇게 말을 많이 한 적이 없었을 것이다.

침묵이 흐른 후 예심 판사는 일어나더니 자기는 나를 돕고 싶고, 나한테 관심이 가며, 신의 도움으로 나를 위해 뭔가 하게 될 거라고 말했다. 하지만 그 전에 내게 몇 가지 질문을 더 하고 싶어 했다. 그러고는 느닷없이 내가 엄마를 사랑했는지 물었다. 나는 "네, 모두가 그렇듯이." 그런데 그때까지 타자기를 규칙적으로 치던 서기가 아마 그 순간 자판을 잘못 눌렀나 보다. 왜냐하면 당황하면서 뒤로 돌아가야 했기 때문이다. 여전히 뚜렷한 논리 없이 예심 판사는 그때 권총 다섯 발을 연달아 쏘았느냐고 물었다. 나는 곰곰이 생각하고 나서, 우선 한 차례만 쏘았고 몇 초 후 네 발을 쏘았다고 명확히 했다. "왜 첫 번째 발사와 두 번째 발사 사이에 기다렸습니까?" 그가 말했다. 다시 한 번 나는 붉은 해변이 눈에 보이는 듯했고, 이마에서 태양의 불길이 느껴졌다. 그러나 이번에는 아무 대답도 하지 않았다. 이어지는 침묵 내내 예심 판사는 흥분하는 것 같았다. 그는 자리에 앉아서 머리를 뒤헝클더니 책상 위에 팔꿈치를 대고 이상한 표정을 지으며 내 쪽을 향해 몸을 약간 기울였다. "왜, 왜 땅바닥에 뻗어 있는 몸에다 총을 쏘았습니까?" 이번에도 나는 대답할 수가 없었다. 예심 판사는 손으로 이마를 훔치더니 좀 변한 목소리로 질문을 반복했다. "왜 그랬나요? 당신은 내게 그걸 말해야 합니다. 왜냐고요?" 나는 여전히 입을 다물고 있었다.

예심 판사는 갑자기 일어나서 사무실 끄트머리 쪽으로 성큼성큼 걸어가더니 서류 정리함의 서랍을 하나 열었다. 그는 거기서 은으로 된 십자고상(十字苦像)을 꺼내어 내 쪽으로 돌아와 그것을 흔들어 댔다. 그러고는 완전히 변한 데다 거의 떨리기까지 하는 목소리로 소리쳤다. "이것을 아십니까?" 나는 "네, 당연히."라고 말했다. 그러자 그는 아주 빠르고도 열정적으로 말했다. 자기는 신을 믿으며, 그 어떤 사람도 신이 용서하지 못할 만큼 죄가 크지는 않지만 용서받기 위해서는 인간이 회개를 통해 영혼을 비우고 모든 것을 받아들일 준비가 된 아이처럼 되어야 한다는 것이 자신의 신념이라고……. 그는 온몸을 테이블 위에 기대고 있었다. 그는 자신의 십자고상을 내 머리 바로 위에서 흔들어 댔다. 사실을 말하자면, 나는 그의 논리를 쫓아가기가 매우 어려웠다. 우선은 너무 더웠던 데다가 그 사무실에 있던 커다란 파리들이 내 얼굴에 앉곤 했기 때문이며, 그가 나를 좀 겁먹게 만들었기 때문이기도 했다. 동시에 나는 우스꽝스럽다는 것도 깨닫게 되었다. 어찌됐든 범죄자는 나였으니 말이다. 그렇지만 예심 판사는 계속했다. 내가 대략 이해한 바로는, 그가 생각하기에 내 자백에 모호한 점이 하나 있는데, 그것은 권총을 두 번째로 발사하기 전에 기다렸다는 사실이라는 것이었다. 나머지 얘기는 매우 분명했지만, 그 점만은 이해하지 못했다는 거였다.

나는 예심 판사에게 그렇게 집요하게 추궁하는 것은 잘못이라고 말하려 했다. 마지막의 그 모호한 점이 그렇게 중요한 것은 아니니까. 그러나 그는 내 말을 뚝 끊고 벌떡 일어나 나한테 신을 믿느냐고 물으면서 마지막으로 권면했다. 나는 아니라고 대답했다. 그는 분개하며 앉았다. 그는 그런 일은 불가능하고, 모든 인간들이 신을 믿으며, 심지어 신의 얼굴을 외면하는 사람들까지도 신을 믿는다고 말했다. 그것이 바로 그의 신념이었으며, 혹시라도 그 점을 의심하게 된다면 그의 인생은 더 이상 의미가 없을 것이라고 했다. "당신은 내 인생이 의미가 없기를 바라는 겁니까?"라고 그는 외쳐 댔다. 내 생각에 그것은 나랑 상관없었다. 그래서 나는 그에게 그렇게 얘기했다. 그러나 그는 테이블 너머로 내 눈 아래 그리스도를 내밀어 놓고는 얼토당토않게 소리 질러 댔다. "나, 나는 기독교인이다! 나는 너의 잘못들에 대해 이 그리스도에게 용서를 구하고 있다. 너는 그리스도가 너를 위해 고통 받았다는 것을 어찌 믿지 않을 수가 있는 거냐?" 그가 내게 말을 놓고 있다는 것을 잘 알고 있었지만, 지겨워서 아무 말 안했다. 열기가 점점 더 심해지고 있었다. 늘 그렇듯이 나는, 내가 거의 듣고 있지 않은 말을 하는 누군가를 치워 버리고 싶을 때면 그에게 동의하는 척을 했다. 그러자 그가 의기양양해져서 나는 좀 놀랐다. "거봐, 그것 보라고. 너도 믿고 있잖아. 그러니 그리스도에게 너를 맡길 거 아냐?" 당연히 아니라고 나는 다시 한 번 말했다. 그는 의자에 털썩 주저앉았다.

그는 몹시 피곤한 기색이었다. 쉬지 않고 대화를 따라오던 타자기가 마지막 문장을 치는 일이 아직 계속되고 있는 동안 그는 잠시 말없이 있었다. 그러고 나서 좀 슬픔이 서린 눈으로 나를 주의 깊게 바라보았다. 그가 중얼거렸다. "당신처럼 그렇게 강퍅한 영혼은 내 결코 본 적이 없소. 내 앞에 왔던 범죄자들은 이 고통의 형상 앞에서 언제나 울었소." 그것은 그들이 그저 범죄자들이기 때문이라고 난 대답하려 했다. 하지만 나 또한 그들과 같다는 생각이 들었다. 그 이전에는 내가 품지 못하던 생각이었다. 예심 판사는 그때 마치 심문이 끝났다는 것을 알리기라도 하듯 자리에서 일어났다. 그는 아까처럼 좀 지친 표정으로 내 행위를 후회하느냐는 질문만 했다. 나는 곰곰이 생각해 보고 나서, 진정으로 후회한다기보다는 어떤 지겨움을 느낀다고 말했다. 나는 그가 나를 이해하지 못한다는 인상을 받았다. 그러나 그날 심문은 더 이상 하지 않았다.

그 후로도 나는 그 예심 판사를 자주 봤다. 단, 매번 내 변호사가 자리를 함께 했었다. 이전에 내가 한 진술들 중 몇 가지들만 나로 하여금 명확히 하게 만드는 데 그쳤다. 또 예심 판사와 내 변호사는 변호사 비용을 논의하곤 했다. 하지만 그런 때면 그들은 사실상 나를 염려하는 것은 아니었다. 어찌됐든 서서히 심문하는 어조가 바뀌었다. 예심 판사는 더 이상 내게 관심도 없었고, 어찌 보면 내 사건을 종결시켜 버린 것처럼 보였다. 그는 내게 더 이상 신에 대한 얘기도 하지 않았고, 첫날처럼 흥분하는 모습도 다시는 보이지 않았다. 그 결과, 우리의 대화는 더 부드러워졌다. 몇 가지 질문과 내 변호사와의 약간의 대화로 심문이 끝나 버리곤 했다. 내 사건은 예심 판사의 표현대로, 순조롭게 진행되었다. 또한 때때로 대화가 일반적인 사항으로 흐를 때는 그 대화에 나를 끼워 주기도 했다. 나는 그제야 안도의 한숨을 쉬기 시작했다. 그런 시간에는 아무도 나한테 못되게 굴지 않았다. 모든 것이 무척 자연스럽고, 너무나 잘 조절되고, 매우 간소하게 다루어져서, 나는 '가족의 일원이 된' 것 같은 우스꽝스런 느낌이 들었다. 그 예심이 진행되던 11개월이 지나고 나서 나는 한 가지 사실에 거의 놀라움마저 느꼈다고 할 수 있다. 판사가 내 어깨를 두드리면서 다정한 태도로 "오늘은 이것으로 끝이오, 불신자 씨."라고 말하면서 자기 사무실 문까지 나를 배웅하던 순간들이 드물게 있었는데, 내가 다른 것은 결코 기뻐하지 않고 오로지 그 순간들만 즐거워했다는 사실 말이다. 그리고 나는 경관들의 손에 넘겨졌다.

2

내가 결코 말하고 싶어 하지 않았던 것들이 있다. 감옥에 들어갔을 때 며칠이 지나자 나는 내 인생 중 그 시기에 대해 말하고 싶어 하지 않으리라는 것을 알았다.

나중에는 그 혐오감이 별 대수롭지 않은 거라고 생각했다. 사실, 나는 처음 며칠은 감옥에 정말로 있는 게 아니었다. 막연히 어떤 새로운 사건을 기다리고 있었으니까. 마리가 처음이자 딱 한 번 방문하고 난 후에야 모든 게 시작되었다. 그녀의 편지를 받았던 날(그녀는 자기가 내 아내가 아니어서 면회가 더 이상 허용되지 않는다고 썼다.), 바로 그날부터 나는 감방이 내 집이라는 것과 내 삶이 거기서 멈춰 버렸다는 것을 느꼈다. 체포되던 날 나는 우선 어떤 방에 구금되었는데, 거기에는 억류된 자들이 이미 여럿 있었고 대부분 아랍 인들이었다. 그들은 나를 보면서

낄낄거렸다. 그러고 나서 무엇 때문에 들어왔는지 물었다. 내가 아랍 인을 한 명 죽였다고 말했더니 그들은 말없이 그대로 있었다. 그런데 잠시 후 저녁이 되자 그들은 내가 몸을 뉘일 돗자리를 어떻게 깔아야 하는지 설명해 주었다. 한쪽 끝을 둘둘 말아서 긴 베개를 만들 수도 있었다. 밤새도록 빈대들이 내 얼굴 위로 이리저리 돌아다녔다. 며칠 후 나는 독방에 있게 되었고, 거기서는 판자 침대에서 잤다. 그리고 변기통 하나와 쇠로 된 대야가 하나 있었다. 감옥은 그 도시의 맨 꼭대기에 있어서 작은 창을 통해 바다를 볼 수 있었다. 내가 그 창의 창살을 붙잡고 빛을 향해 얼굴을 뻗던 어느 날, 간수가 들어와서 면회가 있다고 말했다. 나는 마리일 거라고 생각했다. 정말 그녀였다.

면회실로 가기 위해 나는 긴 복도, 이어서 계단, 마지막으로 다른 복도를 따라갔다. 나는 널찍한 창으로 빛이 들어오는 아주 큰 방으로 들어갔다. 두 개의 커다란 창살이 그 방을 길이 방향으로 삼등분해 놓았다. 두 개의 창살 사이에는 8 내지 10미터의 공간이 있어서 방문객들을 수감자들과 뚝 떨어져 있게 했다. 나는 내 바로 앞쪽에 있는 마리를 알아보았다. 그녀는 줄무늬 원피스를 입고 있었고 얼굴은 그을려 있었다. 내 쪽에는 십여 명의 수감자들이 있었는데, 대부분 아랍 인들이었다. 마리는 무어 여자들에게 둘러싸여 있었고, 두 명의 방문객 사이에 있었다. 한 명은 검은색 옷을 입은, 입술이 쪼그라진 키 작은 노파였고, 다른 한 명은 몸짓을 많이 하면서 아주 큰 소리로 말하며 머리에는 아무것도 두르지 않은 뚱뚱한 여자였다. 창살과 창살 사이의 거리 때문에 방문객과 수감자들은 아주 큰 소리로 말해야 했다. 거기 들어갔을 때 나는, 아무런 장식 없는 그 방의 벽에서 튀어 오르는 목소리들의 소음, 하늘에서 창유리들로 흘러 방으로 솟구치는 강렬한 빛 때문에 일종의 현기증을 느꼈다. 내 감방은 훨씬 조용하고 훨씬 어둡다. 나는 면회실의 그 분위기에 적응하는 데 몇 초가 걸렸다. 어쨌든 대낮의 환한 빛 속에서 또렷해진 각 얼굴이 마침내 분명하게 보였다. 두 창살 사이 공간의 끄트머리에는 간수가 한 명 앉아 있는 것이 보였다. 대부분의 아랍 인 죄수들과 그들의 가족들은 쭈그리고 앉아 서로 마주 보고 있었다. 그들은 소리 지르지 않았다. 그 소란스러움에도 불구하고 아주 낮은 목소리로 말하면서도 서로의 말을 이해하기에 이르렀다. 더 낮게 내는 소리라서 잘 들리지 않는 아랍 인들의 속삭임은 그들의 머리 위에서 교차하는 대화들을 받쳐주는 통주저음(通奏低音) 같은 것을 형성했다. 나는 마리 쪽으로 가면서 그 모든 것을 아주 금세 알아차렸다. 이미 창살에 달라붙어 있던 마리는 온힘을 다해 내게 미소 지어 보였다. 나는 그녀가 매우 아름답다고 생각했지만 그것을 어떻게 말해야 할지 몰랐다.

"어때?" 그녀가 아주 크게 말했다. "그렇지, 뭐." "괜찮은 거야? 필요한 건 다 갖고 있어?" "응, 다 있어."

우리는 입을 다물었고, 마리는 여전히 미소 짓고 있었다. 뚱뚱한 여자가 내 옆에 있는 사람을 향해 부르짖었다. 거리낌 없는 눈빛에 키가 큰 금발 녀석이 아마도 그녀의 남편인 듯했다. 이전에 이미 시작된 대화의 연속이었다.

“잔느가 맡으려 하지 않았어.” 그 뚱뚱한 여자가 목이 터져라 소리쳤다. “그래, 알았어.” 남자가 말했다. “당신이 나오면 다시 맡을 거라고 내가 말했어. 하지만 잔느는 맡으려 하지 않았어.”

마리도 레몽이 내게 안부 인사를 전하라고 했다며 소리 질렀고, 나는 “고마워.”라고 말했다. 하지만 내 목소리는 “잘 지내?”라고 묻는 내 옆 사람 때문에 덮여 버렸다. 그의 아내가 “그 어느 때보다 건강하지.”라고 말하면서 웃어 댔다. 내 왼편에는 키가 작고 손가락이 가느다란 젊은이가 있었는데 아무 말도 하지 않고 있었다. 나는 그가 키 작은 노파와 마주하고 있고, 두 사람 다 서로를 강렬하게 바라보고 있다는 것을 알아챘다. 하지만 그들을 더 오래 관찰할 시간이 없었다. 마리가 내게 희망을 가져야 한다고 소리치고 있었기 때문이다. 나는 “그래.”라고 했다. 동시에 나는 그녀를 바라보았고, 원피스를 입고 있는 그녀의 어깨를 꽉 붙잡아 보고 싶었다. 나는 그 섬세한 천을 욕망했고, 그것 외에 뭘 희망해야 할지 알 수가 없었다. 하지만 마리가 여전히 미소 짓고 있는 걸 보니 그녀가 말하고자 하는 것도 아마 바로 그거였나 보다. 내 눈에는 그녀의 치아의 광채와 눈의 잔주름밖에 보이지 않았다. 그녀가 다시 소리쳤다. “당신은 나오게 될 거야. 그럼 우리 결혼하자!” 나는 “그럴 거라고 생각해?”라고 대꾸했지만, 그것은 그저 무엇이든 말하기 위해서였다. 그러자 그녀는 아주 빠르게, 그리고 여전히 아주 큰 소리로 그렇다고 했으며, 나는 풀려날 것이고 우리는 또 해수욕하러 가게 될 거라고 말했다. 그런데 옆에 있는 부인도 부르짖으면서 감옥 서기에게 바구니 하나를 맡겨 놓았다고 말했다. 그녀는 그 바구니에 넣은 것들을 일일이 열거했다. 그러면서 돈이 많이 들었으니까 꼭 확인해 봐야 한다고 말했다. 반대편의 다른 사람과 그의 어머니는 여전히 서로를 바라보고 있었다. 아랍 인들의 속삭임이 우리 아래쪽에서 계속되었다. 밖에서는 빛이 부풀어 오르며 창에 부딪치는 것 같았다.

나는 몸이 좀 아픈 게 느껴져서 그 자리를 뜨고 싶었다. 소음이 나를 힘들게 했다. 하지만 다른 한편으로는 마리가 거기 있는 기회를 더 즐기고 싶기도 했다. 시간이 얼마나 흘렀는지 모르겠다. 마리는 내게 자신의 일에 대해 얘기하면서 끊임없이 미소 지었다. 속삭임, 고함 소리, 대화들이 교차했다. 유일한 침묵의 섬은 내 옆에, 서로 마주 보고 있는 그 키 작은 청년과 노파 사이에 있었다. 간수들이 서서히 아랍 인들을 데려갔다. 첫 번째 사람이 나가자마자 거의 모두가 입을 다물었다. 키 작은 노파는 창살로 다가갔고, 그 순간 한 간수가 노파의 아들에게 신호를 보냈다. 아들이 말했다. "잘 가요, 엄마." 그러자 노파가 자기 손을 두 창살 사이의 공간으로 넘겨서 아들에게 느리고도 오래도록 작은 손짓을 보냈다.

그 노파가 떠나는 동안 어느 남자가 손에 모자를 쥐고 들어와서 자리를 잡았다. 죄수 한 명이 들여보내졌고, 그 두 사람은 활기를 띠며 이야기를 나누었다. 하지만 면회실이 다시 조용해졌기 때문에 작은 소리로 말했다. 내 오른쪽 사람을 데려가려고 간수가 왔고, 그의 아내는 더 이상 소리칠 필요가 없다는 것을 알아차리지 못한 듯 목소리를 낮추지 않은 채 말했다. "몸조리 잘하고, 조심해!" 그 다음은 내 차례였다. 마리는 내게 손짓으로 키스를 보냈다. 그녀의 시야에서 사라지기 직전에 나는 몸을 돌려보았다. 그녀는 어찌할 바를 모르는 어색한 미소를 여전히 띠고서 철창에 얼굴을 짓누른 채 움직이지 않고 있었다.

얼마 안 되어 그녀가 내게 편지를 썼다. 그리고 바로 그때부터 내가 결코 말하고 싶지 않은 일들이 시작되었다. 어찌됐든 아무것도 과장해서는 안 되고, 그러는 것이 다른 사람들보다 나한테는 더 쉬운 일이었다. 그럼에도 수감 초기에 가장 힘들었던 것은 내가 자유로운 사람의 생각을 갖고 있다는 점이었다. 예를 들어 어느 해변에 가서 바닷물로 들어가고 싶다는 욕구에 사로잡힌다든가 하는 것 말이다. 내 발바닥 아래로 밀려온 첫 파도들의 소리, 물속에 몸을 담그고 거기서 발견하는 해방감 등을 상상하면 나는 문득 내 감방의 벽들이 얼마나 가까이 있는지 실감하곤 했다. 하지만 그런 일이 몇 달 동안 지속되었다. 그 다음에는 그저 죄수로서의 생각만 갖고 있었다. 일상적인 마당 산책이나 내 변호사의 방문을 기다렸다. 나머지 시간은 아주 잘 해결했다. 그때 만약 나를 마른 나무 몸통 속에 살게 하여 내 머리 위 하늘에서 보이는 꽃을 쳐다보는 것 외에 다른 아무 할 일이 없게 만든다 해도, 나는 그런 상황에 서서히 익숙해질 거라는 생각을 자주 했다. 새들이 지나가기를 기다린다거나 구름을 만나게 되기를 기다렸을 것이다. 여기서 내가 내 변호사의 기이한 넥타이들을 기다리는 것처럼, 그리고 다른 세계에서 내가 마리의 몸을 껴안기 위해 토요일까지 참고 기다렸던 것처럼 말이다. 그런데 곰곰이 잘 생각해 보면 나는 마른 나무 속에 있는 게 아니었다. 나보다 더 불행한 사람들도 있다. 게다가 그것은 엄마의 생각이었다. 뭐든지 결국 익숙해지고야 만다는 생각 말이다. 엄마는 그 말을 자주 되뇌었다.

더군다나 나는 보통 그리 극단으로 치닫는 편이 아니다. 처음 몇 달은 힘들었다. 하지만 바로 내가 해야만 했던 그 노력 덕분에 그 몇 달을 넘길 수 있었다. 예를 들어 나는 여자에 대한 욕망 때문에 괴로웠다. 그것은 자연스러운 일이었다. 나는 젊었으니까. 특별히 마리를 생각한 것은 결코 아니었다. 한 여자, 여자들, 내가 알았던 모든 여자들, 내가 그 여자들을 사랑했던 모든 정황들을 너무도 생각한 나머지, 내 감방은 그 모든 얼굴들로 가득 찼고, 내 욕망들로 득실댔다. 어떤 의미에서는 그것 때문에 나는 균형을 잃었다. 하지만 다른 의미에서는 그것이 시간을 때워 주곤 했다. 급기야는 식사 시간에 요리 보조원을 대동하는 간수장의 호감을 얻어 내기도 했다. 내게 여자들에 대한 얘기를 먼저 한 사람이 바로 그 간수장이었다. 그는 다른 죄수들이 투덜

대는 첫 번째 것이 바로 그거라고 말했다. 나는 그에게 나도 그들과 마찬가지이며, 이런 처우가 부당하다고 생각한다고 말했다. 그러자 간수장이 말했다. "하지만 바로 그 때문에 당신들을 감옥에 넣은 것이오." "뭐라고요, 그것 때문이라고요?" "아무렴, 자유, 그게 바로 자유니까. 당신들한테서 자유를 박탈한 것이지." 나는 그 생각을 전혀 해 보지 않았던 것이다. 나는 그의 말을 인정했다. "맞아요. 그렇지 않으면 처벌이 어디 있겠어요?" 내가 그에게 말했다. "그렇소. 당신은 사태를 이해하는구려. 다른 사람들은 그렇지 못하오. 하지만 그들도 결국엔 자신의 욕망을 어떻게든 진정시킨다오." 그러고 나서 간수장은 가 버렸다.

담배도 문제였다. 감옥에 들어갔을 때 나는 허리띠, 신발 끈, 넥타이, 호주머니에 가지고 다니던 모든 것들, 특히 담배를 몰수당했다. 그런데 일단 감방으로 들어가고 나서는 그것들을 돌려달라고 요청했다. 그러나 그것은 금지되었다는 말을 들었다. 처음 며칠은 아주 힘들었다. 나를 가장 낙담케 한 것이 어쩌면 담배였을 것이다. 나는 침대의 나무판자에서 뜯어낸 나뭇조각들을 빨았다. 그리고 하루 종일 어디서나 하염없이 구역질을 해 댔다. 아무에게도 해를 끼치지 않는 담배를 왜 박탈하는 건지 나는 이해하지 못했다. 나중에서야 그것도 처벌의 일부라는 것을 이해했다. 하지만 그때는 담배를 더 이상 피우지 않는 것에 익숙해졌고, 나한테는 더 이상 벌이 되지 못했다.

이런 골치 아픈 것들 말고는, 나는 지나치게 불행하지는 않았다. 이번에도 문제는 오로지 시간을 때우는 일이었다. 나는 회상하는 법을 터득한 순간부터 마침내 전혀 지루하지 않게 되었다. 때로는 내가 살던 방을 생각하기 시작했고, 상상으로 방의 한구석에서 출발하여 내가 지나는 길에 있는 모든 것들을 머릿속으로 일일이 열거하면서 되돌아왔다. 처음에는 후딱 끝나 버렸다. 그러나 다시 시작할 때마다 조금씩 더 길어졌다. 왜냐하면 가구 하나하나를 기억해 냈고, 그 가구들 각각의 세부 사항이 떠올랐으며, 또 그 세부 사항들에서는 상감(象嵌) 문양, 균열 또는 이가 빠진 가장자리, 그 가구들의 색깔이나 꺼끌꺼끌함 등이 떠올랐기 때문이다. 동시에 나는 내 목록의 흐름을 잃지 않고, 완벽하게 열거해 보려고 애썼다. 그래서 몇 주 후에는 오로지 내 방에 있던 물건들만 열거하는 데도 몇 시간을 보낼 수 있었다. 그래서 내가 더욱 곰곰이 생각할수록, 내 기억에서 제대로 평가받지 못했거나 잊혔던 것들을 점점 더 많이 끄집어내게 되었다. 그때 나는 단 하루밖에 살지 않았던 사람이라 해도 감옥 안에서 어려움 없이 백 년은 살 수 있을 거라는 점을 깨달았다. 지루하지 않을 만큼 충분한 회상거리를 갖고 있을 테니까. 어떤 의미에서 그것은 이점이었다.

수면도 문제였다. 처음에는 밤에 잠을 잘 자지 못했고, 낮에는 전혀 못 잤다. 서서히 나는 밤에 더 잘 잤고, 낮에도 잘 수 있었다. 마지막 몇 달 동안에는 하루에 16시간에서 18시간까지 자곤 했다. 그렇게 하면 6시간이 남는데, 그 시간은 식사, 자연적 욕구 해소, 회상, 체코슬로바키아 사람의 이야기로 때웠다.

짚이 들어 있는 매트와 침대의 나무판자 사이에서 누레지고 투명한 천에 거의 달라붙은 오래된 신문지 조각을 발견했기 때문이다. 그 신문 조각은 첫 부분은 빠져 있긴 하지만 체코슬로바키아에서 벌어진 사건임에 틀림없는 사회면 기사를 담고 있었다. 한 남자가 돈을 벌기 위해 체코의 어느 마을을 떠났다. 25년 후, 부자가 된 그는 아내와 자식 하나와 함께 고향에 돌아왔다. 그의 어머니는 고향 마을에서 그의 누이와 함께 호텔을 운영하고 있었다. 그는 어머니와 누이를 놀라게 하려고 아내와 아이는 다른 호텔에 남겨 놓고서 어머니의 호텔로 갔다. 어머니는 그가 들어올 때 알아보지 못했다. 그는 장난삼아 방을 하나 잡을 생각을 했다. 그는 어머니에게 자기 돈을 내보였다. 밤이 되자 그의 어머니와 누이는 돈을 훔치려고 그를 망치로 쳐서 죽이고는 시체를 강에 던져 버렸다. 그의 아내는 그런 사실을 알지도 못한 채 아침에 그 호텔로 와서 그 여행객의 신분을 밝혀 주었다. 어머니는 목을 매어 자살했다. 누이는 우물에 몸을 던졌다. 나는 그 이야기를 수천 번은 읽었을 것이다. 한편으로는 그 이야기가 사실 같지 않았다. 다른 한편으로는 자연스러웠다. 어쨌든 나는 그 여행객이 그런 일을 당해 마땅하며, 절대로 장난을 쳐서는 안 된다고 생각했다.

그렇게 많은 시간의 수면, 회상, 그 사회면 기사 읽기, 빛과 어두움의 교차와 더불어 시간은 흘러갔다. 감옥에서는 시간 개념을 잃고야 만다는 것을 이전에 읽은 적이 있었다. 하지만 나한테는 별 의미가 없었다. 인생이 어느 정도로 길면서도 짧을 수 있는지 이해하지 못했었다. 아마도 살기에는 길지만 너무나 늘어져서 결국 날들끼리 서로 침범하여 그 날이 그 날이 되고 마는지도 모른다. 그러다가 그 날들은 이름을 잃어버리곤 했다. 나에게는 어제 또는 내일이라는 단어들만 의미를 간직하고 있었다.

어느 날, 내가 거기 있은 지 5개월 되었다는 말을 간수가 했을 때, 나는 그 말을 믿기는 했지만 납득하지는 못했다. 나한테는, 내 감방에 밀려드는 것은 끊임없이 같은 날이었고, 내가 계속 해 대고 있는 것은 늘 같은 일이었다. 그날 간수가 가고 난 후, 나는 양철 반합에 비친 내 얼굴을 들여다보았다. 거기다 대고 미소를 지으려 애를 써도 내 모습은 여전히 심각해 보였다. 나는 내 앞에다 대고 그 반합을 흔들어 보았다. 내가 미소를 지었는데도, 내 모습은 아까처럼 여전히 험하고 슬픈 분위기를 유지했다. 날은 저물어가고 있었고, 이 무렵은 내가 말하고 싶지 않은 시간이었다. 이름 없는 시간, 침묵의 행렬 속에서 감옥의 모든 층으로부터 저녁의 소음이 올라오는 시간이었다. 나는 천창(天窓)으로 다가가서, 그 마지막 빛 속에서 다시 한 번 반합에 비친 내 모습을 주시했다. 그 모습은 여전히 심각했다. 그 순간 나 역시 심각했으니 놀라울 게 뭐 있었겠는가? 하지만 동시에, 그리고 몇 달 이래 처음으로, 나는 내 목소리를 분명하게 들었다. 나는 그 음성이 내 귀에서 이미 오래 전부터 울려 댔던 목소리라는 것을 알아차렸고, 그동안 내내 내가 혼자 말하고 있었다는 것을 깨달았다. 그때 나는 엄마 장례식 때 간호사가 하던 말이 생각났다. 그래, 빠져나갈 길은 없는 것이었다. 그리고 감옥에서의 저녁이 어떤 것인지는 아무도 상상하지 못한다.

3

사실상 여름이 지나고 나서 아주 금세 또 여름이 되었다고 말할 수 있다. 더워지기 시작하면 새로운 뭔가가 돌발하리라는 것을 나는 알았다. 내 사건은 중죄 재판소의 마지막 개정기간(開廷期間)에 다루어지고, 이 기간은 6월말에 끝나게 돼 있었다. 공판이 시작되었을 때 밖은 햇빛이 가득했다. 내 변호사는 심리가 이삼일 이상 계속되지는 않을 거라고 장담했다. "게다가 재판소는 그 개정기간에 당신 사건이 가장 중요한 사건은 아니라서 서둘러 처리할 겁니다."라고 변호사는 덧붙였다.

아침 7시 반에 간수가 나를 데리러 왔고, 죄수 호송차가 재판소로 싣고 갔다. 두 명의 경관이 나를 어둠이 느껴지는 작은 방으로 들여보냈다. 우리는 문 가까이에 앉아서 기다렸다. 문 바깥에서 목소리들, 호출, 의자 소리, 그리고 온갖 소란스러움이 들렸다. 연주회가 끝난 후 사람들이 춤을 출 수 있도록 방을 정리하는 동네 축제를 생각나게 하는 그런 소란스러움 말이다. 경관들이 내게 재판관을 기다려야 한다고 말했으며, 그들 중 한 경관이 내게 담배 한 개비를 권했으나 나는 거절했다. 잠시 후 그 경관이 내게 겁이 나냐고 물었다. 나는 아니라고 대답했다. 심지어 어떤 의미에서는 재판을 보는 것이 나로서는 흥미로웠다. 평생토록 그럴 기회가 한 번도 없었던 것이다. "그렇군요. 하지만 결국 피곤해지고 말죠."라고 다른 경관이 말했다.

잠시 후 그 방에서 작은 벨 소리가 울렸다. 그러자 경관들은 내 수갑을 벗겼다. 그들은 문을 열고서 나를 피고석으로 들어가게 했다. 법정은 미어터질 듯이 사람들로 꽉 차 있었다. 블라인드를 쳤음에도 불구하고 햇빛이 스며들었고, 공기는 벌써 숨이 막힐 지경이었다. 유리창들을 닫아 놓은 상태였다. 내가 자리에 앉자 경관들이 나를 에워쌌다. 바로 그 순간 내 앞에 열을 지어 있는 얼굴들이 눈에 들어왔다. 모두들 나를 쳐다보고 있었다. 그들이 배심원들이라는 것을 나는 알아차렸다. 그러나 그들 각자를 구분케 하는 것이 무엇인지는 말할 수가 없다. 나는 그저 한 가지 인상만 받았다. 나는 전차의 긴 의자 앞에 있고, 익명의 그 모든 승객들은 새로 도착한 자가 어떤 우스꽝스러운 면을 갖고 있는지 알아보려고 살펴본다는 느낌이었다. 그것이 어리석은 생각임을 난 잘 알고 있었다. 여기서 그들이 찾고 있는 것은 우스꽝스러움이 아니라 범죄였으니까. 그렇지만 차이는 크지 않다. 어찌됐든 그런 생각이 들었다.

나는 그 닫힌 방에 있는 모든 사람들 때문에도 좀 어리둥절했다. 나는 방청석을 다시 한 번 쳐다보았는데, 얼굴들이 전혀 구별되지 않았다. 우선 그 모든 사람들이 나를 보려고 밀려들었다는 것을 내가 깨닫지 못했던 것 같다. 평소에는 사람들이 나라는 사람에 대해 신경 쓰지 않았다. 내가 그 모든 소란의 원인이라는 점을 이해하려면 나로서는 노력이 필요했다. 나는 경관에게 말했다. "사람들이 참 많네요!" 그는 내게 신문 때문이라고 대답하더니 배심원석 아래 테이블 가까이에 있는 한 무리를 가리켰다. 그는 "저 사람들이오."라고 말했다. 나는 "누군데요?"라고 물었고, 그는 "신문 기자들이오."라고 반복했다. 경관은 그 기자들 중에 아는 사람이 한 명 있었는데, 마침 그 기자가 그를 알아보고는 우리 쪽으로 다가왔다. 이미 나이가 꽤 들고, 찡그린 얼굴이었으나 호감이 가는 남자였다. 그 기자는 경관과 아주 열렬히 악수했다. 나는 그 순간 모든 사람들이 서로 만나고, 서로를 부르고, 대화한다는 것을 알아챘다. 같은 계통의 사람들끼리 다시 만나게 되어 행복해 하는 어떤 클럽에서처럼 말이다. 마치 내가 좀 불청객처럼 쓸데없는 존재인 것 같은 이상한 느낌이 이해가 되었다. 그런데 그 기자가 미소 지으며 말을 걸었다. 그는 나를 위해 모든 일이 잘 풀리기를 바란다고 말했다. 내가 그에게 고맙다고 하자 그가 덧붙였다. "아십니까? 우리는 당신 사건을 좀 과장했지요. 여름은 신문사로서는 한산한 철입니다. 그래서 오로지 당신 이야기와 나름 대단한 사건인 존속 살해 이야기뿐이었어요." 그러고는 자기가 방금 있던 무리에서 검은 테의 큼지막한 안경을 쓴, 살찐 족제비처럼 생긴 키 작은 남자를 가리켜 보였다. 파리의 한 신문의 특파원이라고 했다. "당신 때문에 온 건 아닙니다. 하지만 그는 존속 살해 소송을 보고해야 하는 일을 맡았으므로, 그와 동시에 당신 사건도 송고하라는 요청을 받았지요." 이번에도 또 나는 그에게 고맙다고 할 뻔했다. 그러나 그것은 우스꽝스러운 짓일 거라는 생각이 들었다. 그 기자는 내게 다정하게 살짝 손짓을 하고는 우리 곁을 떠났다. 우리는 또 몇 분을 기다렸다.

내 변호사가 법복 차림으로 다른 많은 법관들에 둘러싸여 도착했다. 그는 기자들에게 가서 악수를 했다. 그들은 농담을 하고 웃어 댔으며, 완전히 편안한 기색이었다. 법정에 종이 울리는 순간까지는 그랬다. 모두가 자기 자리로 돌아갔다. 내 변호사는 내게 와서 악수를 하고는 충고했다. 질문을 받으면 짧게 대답하고 그 외에는 자진해서 대답하지 말고 자기에게 맡기라는 충고였다.

내 왼쪽에서 의자를 뒤로 빼는 소리가 들려서 보니 마르고 키가 큰 사람이 있었다. 붉은색 법복을 입고 코안경을 걸친 그는 자신의 법복을 정성스레 접으면서 앉았다. 그는 검사였다. 서기가 개정을 알렸다. 그 순간 커다란 환풍기 두 대가 부르릉거리기 시작했다. 두 명은 검정색, 한 명은 붉은색 법복을 입은 판사들이 서류들을 들고 들어와서 그 방을 내려다보는 재판관석을 향해 아주 빠르게 걸어갔다. 붉은색 법복을 입은 남자가 중앙의 자리에 앉아서 자기 앞에다 법모를 벗어 놓고는 손수건으로 자신의 작은 대머리를 훔치고 나서 개정을 선언했다.

기자들은 이미 손에 펜을 쥐고 있었다. 그들은 모두 한결같이 무심하면서도 좀 비웃는 것 같은 표정을 하고 있었다. 하지만 그들 중 한 사람이, 다른 이들보다 훨씬 젊고 파란색 넥타이에 회색 플란넬 옷을 입고 있는 기자가 펜을 앞에 내려놓고는 나를 바라보았다. 좀 비대칭인 그의 얼굴에서 아주 맑은 두 눈만 보였다. 그 눈은 뭐라 정의할 수 있는 거라고는 아무것도 표현하지 않으면서도 주의 깊게 나를 살펴보고 있었다. 그래서 나는 나 자신에게 응시당하는 것 같은 이상한 느낌이 들었다. 어쩌면 바로 그 때문에, 그리고 내가 그곳의 관행을 모르기 때문에, 그 다음에 이어지는 모든 일들을 그다지 잘 이해하지 못했던 것 같다. 배심원들의 추첨, 재판장이 변호사와 검사와 배심원단에게 하는 질문들(그럴 때마다 배심원들의 머리가 한꺼번에 재판관 쪽으로 향했다.), 기소장의 빠른 낭독(이때 나는 지명과 인명들을 알아들었다.), 내 변호사에게 던져진 새로운 질문들……

그런데 재판장이 증인들을 부를 거라고 말했다. 서기가 이름을 호명했고, 그 이름들이 내 주의를 끌었다. 방금 전에는 형태가 없던 그 군중 속에서 한 명씩 한 명씩 일어서더니 이어서 옆문으로 나가는 것이 보였다. 양로원의 원장과 건물 관리인, 토마 페레즈 노인, 레몽, 마쏭, 살라마노, 마리가 그들이었다. 마리는 불안한 듯 내게 작은 신호를 보냈다. 그들을 더 일찍 알아보지 못한 것에 대해서도 놀라워하고 있던 차에 그때 마지막으로 이름이 불린 셀레스트가 일어났다. 그의 곁에는 그 레스토랑에서 봤던 키 작은 여자가 있었다. 그녀는 재킷 차림이었고, 지난번처럼 분명하고 단호한 분위기를 띠고 있었다. 그녀는 나를 강렬하게 바라보았다. 하지만 재판장이 발언하기 시작해서 나는 곰곰이 생각해 볼 시간이 없었다. 재판장은 진정으로 심리가 시작될 것이니 청중에게 조용히 하라고 부탁할 필요도 없으리라 생각한다고 말했다. 그에 따르면, 재판장이란 객관적으로 검토하고 싶은 사건에 관한 심리를 공평무사하게 이끌어가기 위해 있는 것이었다. 재판장은 배심원단이 넘겨주는 평결은 공정하게 다루어질 것이며, 어찌됐든 간에 조금이라도 사고가 생기면 방청객들을 모두 내보낼 것이라고 말했다.

날씨가 점점 더워져서, 그 방에 있는 사람들이 신문지로 부채질하는 것이 보였다. 그래서 구겨진 종이 소리가 조그맣게 지속적으로 들렸다. 재판장이 신호를 보내자 서기가 짚으로 엮은 부채 세 개를 가져왔다. 세 판사가 그 부채들을 즉각 사용했다.

나에 대한 심문이 곧장 시작되었다. 재판장은 내게 조용히 질문했고, 심지어 다정한 낌새가 보이는 것 같기도 했다. 이번에도 나의 신원을 밝히게 했는데, 짜증이 나는데도 불구하고 사실 그것은 꽤 당연한 일이라고 나는 생각했다. 어떤 사람을 다른 사람으로 착각하여 판결한다면 너무 심각한 일이 될 테니까. 그리고 나서 재판장은 내가 한 일에 대한 이야기를 시작했는데, 세마디마다 "이것이 사실입니까?"라고 물었다. 매번 나는 내 변호사의 지시에 따라 "네, 재판장님."이라고 대답했다. 재판장이 매우 세심하게 얘기했기 때문에 그 과정이 길었다. 그러는 내내 기자들은 적고 있었다. 나는 그들 중 가장 젊은 기자와 자동인형 같은 키 작은 여자의 시선을 느꼈다. 전차의 긴 의자에 앉은 것 같은 배심원단은 온통 다 재판장을 향해 있었다. 재판장은 기침을 하고 나서 자기 앞의 서류를 뒤적이더니 부채질을 하면서 날 바라봤다.

재판장은 내게, 이제 내 사건과는 상관없는 듯이 보이지만 어쩌면 굉장히 밀접하게 관련된 문제들에 접근하려 한다고 말했다. 나는 또 엄마에 대해 얘기하리라는 것을 알았고, 그러면서 동시에 그것이 얼마나 지겨울지를 느꼈다. 그는 내게 왜 엄마를 양로원에 모셨느냐고 물었다. 나는 엄마를 지키고 보살필 사람을 쓸 만한 돈이 없었기 때문이라고 대답했다. 재판장은 그것이 개인적으로 얼마나 힘들었는지 물었으며, 나는 엄마나 나나 서로에게 더 이상 아무것도 기대하지 않았으며, 게다가 그 누구에게도 기대하는 것이 없었고, 우리는 둘 다 새로운 생활에 익숙해졌다고 대답했다. 그러자 재판장은 그 점에 대해 더 계속하지는 않겠다고 말하고 나서, 검사에게 더 할 질문이 없느냐고 물었다.

검사는 내게 등을 반쯤 돌리고는 나를 쳐다보지 않은 채 재판장이 허락한다면 내가 아랍 인을 죽일 의향으로 혼자서 샘물 쪽으로 돌아간 것인지 알고 싶다고 밝혔다. "아닙니다."라고 나는 말했다. "그렇다면 그는 왜 총을 갖고 있었으며, 왜 바로 그 장소로 돌아왔을까요?" 나는 그것은 우연이었다고 말했다. 그랬더니 검사가 기분 나쁜 억양으로 말했다. "지금으로서는 그게 다입니다." 그 다음에는 모든 것이 좀 혼란스러웠다. 적어도 나에게는 그랬다. 하지만 몇 가지 밀담이 있은 후 재판장은 휴정을 선언했고, 증인 신문은 오후로 연기되었다.

나는 곰곰이 생각해 볼 시간이 없었다. 경관들이 나를 죄수 호송차에 태워 감옥으로 데려갔고, 나는 감옥에서 식사를 했다. 내가 피곤하다는 것을 깨달을 수 있을 만큼의 아주 짧은 시간이 지난 후 경관들이 나를 데리러 왔다. 모든 것이 다시 시작되었고, 나는 같은 법정에서 같은 얼굴들 앞에 있게 되었다. 더위만 훨씬 더 심해졌고, 마치 기적과도 같이 모든 배심원, 검사, 내 변호사, 몇몇 기자들도 짚으로 된 부채를 갖고 있었다. 젊은 기자와 키 작은 여자도 여전히 거기 있었다. 하지만 그들은 부채질을 하지 않았고, 아무 말 없이 또 나를 바라보고 있었다.

나는 얼굴을 뒤덮는 땀을 닦아 냈다. 양로원장이 호명되는 소리가 들릴 때에서야 그 장소와 나 자신에 대해서 다시 좀 의식이 돌아왔다. 엄마가 나에 대한 불평을 했는지 양로원장에게 질문이 던져졌다. 양로원장은 그렇다고 하고 나서, 하지만 자기 측

근에 대해 불평하는 것은 재원자들의 편집증 같은 거라고 말했다. 재판장은 내가 엄마를 양로원에 맡긴 것에 대해 엄마가 툴툴 댔는지 아닌지 명확히 하라고 했다. 양로원장은 그렇다고 대답했다. 그러나 이번에는 아무 말도 덧붙이지 않았다. 다른 질문에서는 장례식 날 나의 평온함에 놀랐었다고 대답했다. 평온하다는 것이 무슨 의미냐는 질문이 다시 던져졌다. 양로원장은 그때 자기 신발 끝을 들여다보더니 내가 엄마를 보려 하지 않았고, 단 한 번도 울지 않았으며, 장례식 후에는 엄마의 무덤에서 묵상도 하지 않은 채 즉시 떠나 버렸다고 말했다. 그를 놀라게 한 게 또 하나 있었는데, 장의사 직원 한 명이 내가 엄마의 나이도 모르더라는 얘기를 자기에게 했었다고 양로원장이 말했다. 잠시 침묵이 흐른 뒤 재판장이 양로원장에게 그 장의사 직원이 정말로 나에 대해 한 얘기냐고 물었다. 양로원장이 그 질문을 이해하지 못하자 재판장은 그에게 "당신은 대답해야만 합니다. 그게 법이니까."라고 말했다. 그러고 나서 재판장은 검사 측에 증인에게 물어볼 말이 없느냐고 물었고, 검사는 "오, 아니오! 그것으로 충분합니다."라고 소리쳤다. 무척 큰 소리로, 그리고 나를 향해 너무나 승리에 찬 시선을 보내면서 말했기에, 나는 수년 만에 처음으로 울고 싶다는 어리석은 욕구에 사로잡혔다. 그 모든 사람들로부터 내가 얼마나 미움 받고 있는지를 느꼈기 때문이다.

재판장은 배심원단과 내 변호사에게 질문할 것이 있느냐고 물은 뒤 양로원 건물 관리인의 증언을 들었다. 다른 사람들이 증언할 때와 마찬가지로 그의 경우에도 같은 절차가 반복되었다. 증인대로 나오면서 그 건물 관리인은 나를 쳐다보더니 눈길을 돌렸다. 그는 질문들에 대답했다. 내가 엄마를 보려 하지 않았고, 담배를 피웠으며, 잠도 잤고, 밀크 커피도 마셨다고 말했다. 나는 그때 그 방 전체를 술렁이게 하는 뭔가를 느꼈고, 처음으로 내가 죄인이라는 것을 깨달았다. 재판장은 건물 관리인에게 그 밀크 커피와 담배에 대한 이야기를 반복시켰다. 검사는 눈 속에 빈정거리는 빛을 담고서 나를 쳐다보았다. 그 순간 내 변호사가 건물 관리인에게 그도 나와 함께 담배를 피웠는지 물었다. 그러나 검사가 이 질문에 반대하면서 격렬히 일어났다. "여기서 범죄자는 누구입니까? 그리고 검사 측 증인들의 증언을 과소평가하기 위해 그들의 평판을 훼손하는 이런 방식은 도대체 뭡니까? 아무리 그래도 여전히 결정적인 증언들인데 말입니다." 그럼에도 불구하고 재판장은 건물 관리인에게 질문에 대답하라고 요구했다. 노인은 당황한 기색으로 말했다. "제가 잘못했다는 것을 저도 잘 압니다. 하지만 뫼르소 씨가 권하는 담배를 차마 거절하지 못했습니다." 마지막으로 내게 덧붙일 말이 없느냐는 질문이 던져졌다. 그래서 내가 대답했다. "아무것도 없습니다. 그저 증인 말이 옳다는 것 말고는……. 제가 증인에게 담배를 권한 것이 사실입니다." 그때 건물 관리인이 좀 놀라면서 일종의 감사 어린 눈으로 나를 바라보았다. 그는 망설이더니 밀크 커피를 내게 권한 것은 바로 자기였다고 말했다. 내 변호사는 요란하게 의기

양양해지더니 배심원들이 그 점을 고려할 것이라고 말했다. 그런데 검사가 우리의 머리 위에서 고함을 질러 댔다. "그래요. 배심원들께서 고려할 겁니다. 그리고 상관없는 사람이라면 커피를 권할 수도 있지만, 아들이라면 자기를 낳아 준 분의 시신 앞에서는 그 커피를 거절해야만 했을 거라고 배심원들은 결론지으실 겁니다." 건물 관리인은 자기 자리로 돌아갔다.

토마 페레즈의 차례가 왔을 때 서기는 그를 증인대까지 부축해야만 했다. 페레즈는 특히 내 어머니와 알고 지냈고, 나를 단한 번, 장례식 날에 보았다고 말했다. 그날 내가 무엇을 했는지에 대한 질문이 그에게 던져졌고, 그는 대답했다. "이해하시겠지만, 저 또한 너무 힘들었습니다. 그래서 아무것도 보지 못했습니다. 너무 괴로워서 보이지 않았던 거죠. 저한테는 아주 큰 괴로움이었습니다. 게다가 저는 기절까지 했어요. 그래서 뫼르소 씨를 볼 수가 없었지요." 검사가 페레즈에게 최소한 내가 우는 모습을 보기는 했느냐고 물었다. 페레즈는 아니라고 대답했다. 그러자 이번에는 그 검사가 "배심원들께서 그 점을 고려할 것입니다."라고 말했다. 그런데 내 변호사가 분개했다. 그는 내가 보기에 좀 과장된 어조로 '내가 울지 않는 것을 그가 보았는지' 물었다. 페레즈는 "아니오."라고 대답했다. 청중은 웃어 댔다. 그러자 내 변호사는 소매 한쪽을 걷어 올리더니 단호한 어조로 말했다. "이것이 바로 이 재판의 이미지입니다. 모든 것이 사실이면서, 아무것도 사실이 아닙니다!" 검사는 얼굴이 굳어지더니 자기 서류들의 제목을 연필로 찔러 댔다.

5분 동안 휴정하였는데, 그동안 내 변호사는 모든 것이 더할 나위 없이 잘 풀려가고 있다고 말했다. 그 후 피고 측에서 소환한 셀레스트의 증언을 들었다. 변호 대상은 나였다. 셀레스트는 가끔씩 내 쪽으로 눈길을 던졌고, 두 손으로 파나마모자를 돌리곤 했다. 그는 일요일에 가끔씩 나와 함께 경마장에 갈 때 입던 새 양복을 입고 있었다. 그러나 깃을 달지는 못했나 보다. 긴팔 와이셔츠에 구리 커프스단추만 달았을 뿐이었으니까. 내가 그의 고객이냐는 질문을 받자, 그는 "네, 하지만 친구이기도 하지요."라고 말했다. 그게 그가 나에 대해 생각하는 바였다. 그리고 나를 어떻게 생각하느냐고 묻자 그는 내가 남자답다고 대답했다. 그것이 무슨 의미냐고 묻자 그는 모든 사람들이 그게 무슨 뜻인지 알고 있다고 진술했다. 그리고 내가 감정을 드러내지 않는다는 것을 알았느냐는 질문에, 내가 쓸데없는 말은 하지 않는다고만 했다. 검사가 그에게 내가 식사비를 꼬박꼬박 잘 내느냐고 묻자 셀레스트는 웃더니 "그것은 우리끼리의 세부 사항이지요."라고 진술했다. 그리고 내 범죄에 대해 어떻게 생각하느냐는 질문이 이어졌다. 그러자 셀레스트는 증인대에 손을 얹었다. 그가 뭔가를 준비해 온 듯 보였다. 그는 말했다. "제가 봤을 때 그것은 불행입니다. 불행, 그게 뭔지 모두들 다 압니다. 방어도 못하게 되죠. 그러니, 제가 봤을 때 이건 불행입니다." 그는 계속할 참이었는데, 재판장이 됐다고 말하고는 감사하다고 했다. 셀레스트는 좀 망연자실하더니 더 말하고 싶다고 했다. 재판장은 짧게 하라고 요청했다. 셀레스트는 그것은 불행이라고 또 반복했다. 그러자 재판장이 그에게 말했다. "네, 알아들었습니다. 그런데 우리는 그런 종류의 불행을 재판하려고 여기 있는 것입니다. 증인에게 감사드립니다." 셀레스트는 마치 자신의 능력과 선의가 한계에 달한 양, 그때 내 쪽으로 몸을 돌렸다. 그의 눈이 눈물로 반짝이고, 입술이 떨리는 듯 보였다. 자기가 뭘 더 할 수 있는지 내게 묻는 것 같았다. 나는 아무 말 하지 않았고, 아무런 몸짓도 하지 않았다. 그런데 생전 처음으로 한 남자를 껴안고 싶은 마음이 들었었다. 재판장이 셀레스트에게 증인대에서 물러나라고 다시 한 번 촉구했다. 셀레스트는 자기 자리로 돌아가 앉았다. 공판의 나머지 시간 내내, 셀레스트는 거기 있으면서 앞쪽으로 몸을 좀 숙인 채 팔꿈치는 무릎 위에 올려놓고 파나마모자를 손에 쥐고서 공판에서 오가는 모든 얘기에 귀 기울이고 있었다. 마리가 들어왔다. 그녀는 모자를 쓰고 있었고, 여전히 아름다웠다. 하지만 나는 그녀가 머리를 늘어뜨린 모습을 더 좋아했다. 내가 있는 곳에서도 그녀 가슴의 가벼운 무게가 짐작되었고, 여전히 좀 부풀어 있는 아랫입술이 보였다. 그녀는 신경이 매우 곤두서 있는 듯 보였다. 곧바로 그녀에게 언제부터 나를 알았느냐는 질문이 던져졌다. 그녀는 자기가 우리 회사에서 일하던 시절을 알려 주었다. 재판장은 그녀가 나와 어떤 관계였는지 알고자 했다. 그녀는 나의 여자 친구라고 말했다. 다른 질문에 대해 그녀는 우리가 결혼하기로 예정된 것이 사실이라고 대답했다. 자료를 뒤적이던 검사가 그녀에게 우리의 관계가 언제부터였는지 불쑥 물었다. 마리는 그 날짜를 알려 주었다. 검사는 그날이 엄마의 장례식 다음 날인 것 같다고 무심한 표정으로 지적했다. 그러고 나서 다소 빈정거리는 태도로 말했다. 자기는 그런 미묘한 상황을 강조하려는 것이 아니며, 마리가 양심의 가책을 느꼈을 거라는 점을 충분히 이해하지만, 불가피하게 실례를 무릅쓰는 것이 자신의 의무라고 말했다(여기서 그의 억양은 더 딱딱해졌다.). 그리하여 검사는 마리에게 내가 그녀와 육체관계를 맺은 그날 하루를 요약해 보라고 요구했다. 마리는 말하고 싶어 하지 않았지만 검사가 집요하게 요구하는 바람에, 우리가 수영하고, 영화 보러 가고, 내 집으로 돌아온 사실을 얘기했다. 검사는 예심에서 마리의 진술에 이어 그날의 프로그램들을 문의해 봤다고 말했다. 검사는 그때 어떤 영화가 상영되었는지 마리 자신이 말할 것이라고 덧붙였다. 그녀는 힘없는 목소리로 페르낭델의 영화였다고 알려 주었다. 그녀가 말을 마치자 법정 안은 완전히 침묵에 싸였다. 그때 검사가 일어나더니, 아주 엄숙하게 그리고 내 보기에는 정말로 마음이 동요된 목소리로, 손가락을 내 쪽으로 향하며 천천히 또박또박 말했다. "배심원 여러분, 자기 어머니가 돌아가신 바로 다음 날 이 사람은 물놀이를 하고, 부도덕한 관계를 시작하고, 희극적인 영화를 보며 웃으려고 영화관에 갔습니다. 저는 더 이상 할 말이 없습니다." 여전한 침묵

속에서 검사는 자리에 앉았다. 그런데 갑자기 마리가 울음을 터뜨리더니 그런 게 아니라고 말했다. 뭔가 다른 것이 있으며, 자기가 생각하는 것과 반대되게 말하도록 강요당했고, 그녀는 나를 잘 알고 있으며, 나는 나쁜 짓은 전혀 하지 않았다고 말했다. 그러나 재판장의 신호에 따라 서기가 그녀를 데리고 나갔고, 공판은 계속되었다.

그 다음에 들은 것이라고는, 내가 정직한 사람이고 "덧붙이자면 선량한 사람"이라고까지 말할 수 있다는 마쏭의 진술이었다. 또한 살라마노도 내가 자기 개에게 잘해 주었다는 점을 환기시켰을 따름이었고, 내 어머니와 나에 관한 질문에 대답할 때는 내가 엄마에게 더 이상 할 말이 없었으며, 그 때문에 엄마를 양로원에 맡긴 것이라고 말했다. "이해해야 돼요, 이해해야 한다니까요."라고 살라마노는 말했다. 그러나 아무도 이해하는 것 같지 않았다. 그리고 서기가 그를 데려갔다.

그 다음은 마지막 증인인 레몽 차례였다. 레몽은 내게 살짝 신호를 보내더니 곧바로 내가 무죄라고 말했다. 그러나 재판장은 그에게 판단을 요구한 것이 아니라, 사실들을 요구한 것이라고 지적했다. 재판장은 레몽에게 질문을 기다렸다가 대답하라고 권고했다. 레몽은 살해당한 희생자와의 관계를 명확히 밝히라는 요구를 받았다. 레몽은 그 기회를 이용하여 자기가 희생자의 누이에게 따귀를 때린 이후로 그 희생자가 증오한 사람은 바로 자기라고 말했다. 그런데도 재판장은 희생자가 나를 증오할 이유는 없는지 물었다. 레몽은 내가 해변에 있었던 것은 우연의 결과라고 말했다. 그러자 검사는 그 비극의 원인인 편지를 어떻게 내가 쓰게 됐는지 물었다. 레몽은 그것은 우연이었다고 대답했다. 검사는 이 이야기 속에서 우연이라는 것이 이미 양심에 많은 폐해를 가했다고 반박했다. 검사는 레몽이 자기 정부의 따귀를 때렸을 때 내가 끼어들지 않은 것이 우연히 그런 건지, 경찰서에서 내가 증인으로 나선 것이 우연히 그런 것인지, 그 증언 때 내 진술이 순전히 허위였음이 드러난 것 또한 우연히 그런 것인지 알고 싶다고 말했다. 마지막으로 검사는 레몽에게 생계 수단이 뭐냐고 물었고 레몽이 "창고 담당자"라고 대답하자, 검사는 배심원단에게 일반적으로 알려진 바에 따르면 증인은 포주 노릇을 한다고 밝혔다. 즉, 나는 레몽의 공범이자 친구라고 검사는 말했다. 그러니 아주 저질의 음탕한 사건인데, 도덕적으로 추악한 자가 연관되는 바람에 더 악화되었다고 검사는 말했다. 레몽은 자신을 변호하려 들었고 내 변호사도 항의했지만, 재판부는 검사가 말을 다 마치도록 놔둬야 한다고 말했다. "저는 이제 덧붙일 게 거의 없습니다. 피고는 당신 친구인가요?" 검사가 레몽에게 물었다. "네, 제 친구입니다." 레몽이 말했다. 그러자 검사가 내게 같은 질문을 하기에 레몽을 쳐다보았는데, 그는 눈길을 돌리지 않았다. 나는 "네."라고 대답했다. 그러자 검사는 배심원단을 향해 몸을 돌리고는 말했다. "자기 어머니가 돌아가신 바로 다음 날 너무나 수치스러운 방탕에 빠졌던 바로 그자가 하찮은 이유 때문에, 그리고 차마 말로 표현할 수도 없는 치정 사건을 처리하기 위해 살인을 저지른 것입니다.”

검사는 그러고 나서 자리에 앉았다. 하지만 인내가 한계에 달한 내 변호사는 팔을 들며 소리쳤고, 걷어 올렸던 소매가 다시 내려오면서 풀 먹인 셔츠의 주름을 드러나게 했다. “아니, 피고는 자기 어머니 장례식을 치른 것 때문에 기소된 것입니까? 아니면 사람을 죽여서 기소된 겁니까?” 청중이 웃어 댔다. 그런데 검사가 다시 일어나서 자신의 법복을 휘감고는, 그 두 영역의 사실들 사이에 심오하고 비장하며 본질적인 관계가 있다는 것을 느끼지 못하다니 존경스런 변호사는 순진하기 짝이 없다고 말했다. 검사는 힘차게 소리쳤다. “그렇습니다. 저는 이 사람이 범죄자의 마음으로 어머니 장례를 치른 것을 고발합니다.” 이 논고가 청중에게 상당한 효과를 불러일으킨 것 같았다. 내 변호사는 어깨를 으쓱 올리더니 이마에 흐른 땀을 닦아 냈다. 그러나 변호사 자신도 동요된 것 같았고, 나는 사태가 나한테 좋지 않게 흘러간다는 것을 깨달았다.

공판이 끝났다. 법원을 나와 차에 오르다가 나는 아주 잠깐 여름날 저녁의 향기와 색깔을 느꼈다. 굴러가는 감옥인 죄수 호송차의 어둠 속에서 나는 마치 내 피로의 깊숙한 데서 끌어내듯이, 내가 사랑했던 도시나 내가 만족감을 느끼기도 한 어떤 시간의 그 모든 익숙한 소음들을 하나하나 되찾았다. 대기가 이미 온화해진 가운데 신문팔이들이 외치는 소리, 작은 공원에 마지막

남은 새들, 샌드위치 장수들이 부르는 소리, 도시의 고지대 커브 길에서 전차가 신음하는 소리, 항구에 밤이 내리기 전 하늘의 그 웅성거림, 그 모든 것들이 나를 위해 눈 감고도 갈 수 있는 거리 지도를 재구성해 주었다. 내가 감옥에 들어가기 전에 잘 알던 그 거리 말이다. 그렇다. 아주 오래 전, 내가 기분 좋아하던 바로 그 시간이었다. 그 시절 나를 기다리던 것은 언제나 가볍고 꿈도 없는 잠이었다. 그런데 뭔가가 변해 버렸다. 다음 날에 대한 기다림과 더불어 내가 다시 찾은 곳은 내 감방이니까. 마치 여름 하늘에 그어진 익숙한 길들이 순진무구한 잠에 이를 수도 있고, 감옥으로 이어질 수도 있다는 듯이…….

4

　설사 피고석에 있을지라도 자기에 대해 말하는 것을 듣는 일은 언제나 흥미롭다. 검사의 논고와 내 변호사의 변론 동안 나에 대해서, 어쩌면 내 범죄보다 나에 대해 더 많이 얘기했다고 할 수 있다. 그런데 검사 측 논고와 변호사 측 변론이 서로 그렇게 달랐었던가? 변호사는 팔을 들더니 유죄임을 승복했다. 하지만 감경 사유가 있다고 했다. 검사는 손을 뻗더니 감경 사유 없이 유죄라고 주장했다. 그런데 한 가지 때문에 나는 막연히 답답했다. 나는 걱정이 되면서도 때때로 끼어들고 싶어 했고, 그럴 때면 내 변호사는 "가만있으세요. 당신 사건을 위해서는 그게 더 나아요."라고 말하곤 했다. 이를테면 나를 제외시켜 놓고서 그 사건을 다루는 것처럼 보였다. 모든 것이 나의 개입 없이 전개되었다. 내 의견은 들어보지도 않고 내 운명이 정해지고 있었다. 이따금씩 나는 모든 사람들의 말을 중단시키고서 다음과 같이 말하고 싶었다. "아니, 도대체 피고가 누군가요? 피고가 된다는 것은 중대한 일이죠. 그래서 내가 할 말이 있다니까요." 하지만 곰곰이 생각해 보면 나는 할 말이 전혀 없었다. 게다가 사람들의 마음을 끌기 위해 찾아내진 흥밋거리라는 것은 오래 지속되지 않는다는 것을 난 인정해야 했다. 예를 들어 나는 검사의 논고가 아주 금세 진력났다. 내게 인상적이었거나 관심을 끌었던 것은 그저 부분적인 이야기, 몸짓, 흠은 없으나 전체 맥락에서 벗어난 장광설뿐이었다.

내가 제대로 이해한 거라면, 검사의 생각의 바탕은 내가 범죄를 미리 계획했다는 것이었다. 적어도 그는 그것을 입증하려 들었다. 그 자신이 다음과 같이 말한 바처럼 말이다. "배심원 여러분, 저는 그 점에 대한 증거를 댈 터이고, 게다가 이중의 증거를 댈 것입니다. 우선은 사실들의 투명성을 통해 입증하고, 그 다음으로는 범죄를 저지른 이 영혼의 심성이 제공해 줄 어두운 조명 속에서 입증할 것입니다." 검사는 엄마의 죽음에서부터 시작하여 사실들을 요약했다. 그는 나의 냉담함, 엄마의 나이도 모르는 무심함, 바로 다음 날 여자와의 물놀이와 영화감상, 페르낭델, 그리고 마지막으로 마리와 함께 집으로 돌아온 일 등을 환기시켰다. 그때 나는 검사의 말을 이해하는 데 시간이 좀 걸렸다. 검사가 "그의 정부(情婦)"라고 말하곤 했는데, 나한테는 그냥 '마리'일 뿐이었기 때문이다. 그런 다음 그는 레몽의 이야기를 하기에 이르렀다. 나는 검사가 사건들을 보는 방식이 나름 명료하다고 생각했다. 그가 하는 말들이 그럴듯했다. 그에 따르면, 내가 레몽의 정부를 유인해서 "도덕성이 의심스러운" 인간인 레몽의 학대에 넘기려고 레몽과 함께 그녀에게 보낼 화합의 편지를 썼다는 것이다. 그리고 해변에서는 내가 레몽의 적수들을 도발하였고, 레몽은 상처를 입었으며, 내가 레몽에게 권총을 달라고 했단다. 나는 그 권총을 사용하려고 혼자서 해변으로 돌아왔고, 계획했던 대로 아랍 인을 죽였다고 한다. 그러고 나서 나는 기다렸고, "그 일이 잘 처리되었다는 확신을 갖기 위해" 네 발을 더 쏘았는데 침착하게, 확실하게, 어찌 보면 심사숙고하여 그렇게 했다는 것이다.

검사는 말했다. "배심원 여러분, 바로 그렇게 된 것입니다. 저는 이 사람이 계획적으로 살인하게 된 사건의 추이를 여러분 앞에서 되짚어 보았습니다. 저는 바로 그 점을 강조하겠습니다. 왜냐하면 이것은 평범한 살인, 즉 여러분이 정상 참작을 할 만하다고 판단할 수 있는 그런 충동적인 행위가 아니기 때문입니다. 이 사람은, 배심원 여러분, 이 사람은 똑똑합니다. 그가 말하는 것을 여러분도 듣지 않으셨습니까? 그는 어떻게 대답해야 할지를 압니다. 그는 단어들의 가치를 알고 있습니다. 그가 자신이 뭘 하는지 깨닫지 못하면서 행동했다고 우리는 말할 수 없습니다."

나는 귀를 기울이고 있었으므로 그가 나를 똑똑하다고 판단

하는 말도 들었다. 그런데 평범한 사람에게는 장점인 자질이 어떻게 죄인에게는 결정적으로 불리한 증거가 될 수 있는 것인지 잘 이해되지 않았다. 어쨌든 나는 그 점에 충격을 받아서, 검사의 말을 더 이상 듣지 않았다. 다음과 같이 말하는 것이 들릴 때까지는……. "그가 회한을 표현하기라도 했나요? 결코 안 했습니다, 배심원 여러분. 예심이 진행되는 동안 단 한 번도, 이 사람은 자신의 그 끔찍스런 중죄로 인해 뒤흔들린 적이 없어 보였습니다." 그 순간 검사는 내게로 향하더니 나를 손가락으로 가리키면서 계속해서 못살게 굴었는데, 사실상 나는 왜 그러는 건지 잘 이해하지 못했다. 아마도 나는 그가 옳다고 인정하지 않을 수 없었나 보다. 나는 내가 한 짓을 별로 후회하지 않았다. 하지만 그토록 악착스런 비난에 나는 놀랐다. 나는 그에게 진심으로, 거의 애정을 갖고서 설명을 하고 싶었다. 나는 뭔가를 정말로 후회해 볼 수 있었던 적이 단 한 번도 없었다고 말이다. 나는 오늘이나 내일 일어날 일에 늘 사로잡혀 있었다. 하지만 그때 내가 처한 상태에서는 당연히 아무에게도 그런 말투로 말할 수는 없었다. 나는 다정한 모습을 보인다거나 선의를 가질 권리가 없었다. 그래서 나는 또 들어 보려 애썼다. 검사가 내 영혼에 대해 말하기 시작했으니까.

검사는 내 영혼에 관심을 기울여 보았으나 아무것도 발견하지 못했다고 배심원들에게 말했다. 사실상 내가 영혼이라는 것을 전혀 갖고 있지 않으며, 인간다운 면도 없고, 인간들의 마음을 지켜주는 도덕적 원칙들을 단 하나도 이해하지 못한다고 말했다. 그러고는 덧붙였다. "어쩌면 우리는 그렇다고 해서 그를 나무랄 수는 없을지도 모릅니다. 그가 획득할 수 없는 것일 텐데, 그게 결여되어 있다고 우리가 불평할 수는 없습니다. 하지만 법정에서라면, 관용이라는 아주 해로운 덕목이 정의라는 덜 쉽지만 더 고결한 덕목으로 바뀌어야 할 것입니다. 특히, 우리가 이 사람에게서 발견한 마음의 공허가, 사회를 궤멸할 수도 있는 구렁이 될 때는 말입니다." 바로 그때 검사는 엄마에 대한 나의 태도에 대해 말했다. 그는 심리 중에 자기가 했던 말을 반복했다. 그런데 내 범죄에 대해 말할 때보다 훨씬 더 길게 하고 너무나 오래 끌어서, 나는 결국 그 오전나절의 열기 외에는 더 이상 아무것도 느끼지 못했다. 검사가 말을 멈추고 잠시 침묵하더니 매우 낮으면서도 자신만만한 목소리로 다시 말하기 시작하던 순간까지는 적어도 그랬다. "배심원 여러분, 바로 이 법정에서 가장 끔찍스런 중죄인 친부 살인죄를 내일 재판하게 될 것입니다." 검사에 따르면, 그 잔혹한 범죄 앞에서는 인간의 상상력조차 뒤로 물러났다. 그는 인간들의 정의가 가차 없는 처벌을 내리기를 감히 기대해 본다고 말했다. 하지만 두려움 없이 말하건대, 그 범죄가 불러일으키는 끔찍함보다 나의 냉담함 앞에서 느끼게 되는 끔찍함이 더 클 거라고 했다. 여전히 검사의 말에 따르면, 정신적으로 어머니를 죽인 사람은 자기를 세상에 태어나게 해 준 사람에게 살해의 손길을 뻗친 자와 똑같이 인간 사회를 등진 것이었다. 어쨌든 전자는 후자가 한 행위를 준비하고 있는 것이며, 이를테면 그런 행위를 예고하고 있고 정당화하고 있다는 얘기였다. 그러고는 목소리를 높이면서 덧붙였다. "저는 확신합니다, 배심원 여러분. 제가 이 피고석에 앉은 사람이, 이 법정에서 내일 재판하게 될 살인죄에 대해서도 유죄라고 말한다 해도, 여러분은 제 생각이 너무 지나치다고 생각하지는 않으실 겁니다. 그러므로 그는 처벌되어야 합니다." 여기서 검사는 땀으로 번질거리는 얼굴을 닦아 냈다. 마지막으로 그는 자신의 의무는 괴롭지만 그것을 확고히 이행할 것이라고 말했다. 검사는 내가 사회의 가장 기본적인 규율도 모르고 있으니 사회와는 아무 볼일 없으며, 내가 인간 마음의 기초적인 반응도 모르고 있으니 그 마음에 호소할 수도 없다고 단언했다. "저는 이자의 목을 여러분에게 요구합니다. 게다가 가벼운 마음으로 요구하는 바입니다. 왜냐하면 이미 오랜 검사 경력 중에 극형들을 주장하게 된 적이 제게도 있었습니다만, 이 힘겨운 의무가 오늘만큼 이렇게 보상을 받고, 균형을 맞추고, 명확해진 적은 결코 없었기 때문입니다. 그것은 절대적이고 신성한 명령에 대한 책임감에 의한 것이기도 하고, 그저 극악무도함 외에는 아무것도 읽어 낼 수 없는 인간의 얼굴 앞에서 느끼는 끔찍함 때문이기도 합니다."

검사가 자리에 앉자 꽤 긴 침묵이 흘렀다. 나는 더위와 놀라움에 얼이 빠져 있었다. 재판장이 기침을 좀 하더니 아주 낮은 어조로 내게 덧붙일 말이 아무것도 없는지 물었다. 나는 자리에서 일어났고, 말을 하고 싶었기 때문에 좀 무턱대고 그 아랍 인을 죽일 의도가 없었다고 말했다. 재판장은 그것은 하나의 주장일 뿐이고, 자기는 지금까지 나의 변론 방식을 잘 파악하지 못했으며, 변호사의 변론을 듣기 전에 내가 그런 행위를 하게 된 동기를 명확히 밝혀 주면 좋겠다고 말했다. 나는 어떻게 말할지 단어들을 좀 조합하다가 나의 우스꽝스러움을 깨닫고는 그것은 태양 때문이었다고 빠르게 말했다. 청중석에서 웃음소리가 났다. 내 변호사는 어깨를 으쓱 올렸고, 곧이어 그에게 발언권이 주어졌다. 그러나 그는 시간이 늦었다고 말하면서 자기가 할 말은 몇 시간 걸릴 터이므로 오후로 연기하자고 요청했다. 재판부는 그 요청을 응낙했다.

오후, 커다란 선풍기들이 그 방의 답답한 공기를 여전히 휘젓고 있었고, 배심원들이 든 다양한 색깔의 작은 부채들이 모두 같은 방향으로 흔들리고 있었다. 내 변호사의 변론은 결코 끝나지 않을 것만 같았다. 그럼에도 어느 순간 나는 그의 말에 귀를 기울였다. "내가 죽인 것이 사실입니다."라고 그가 말하고 있었기 때문이다. 그 다음에도 변호사는 그런 말투로 나에 대해 얘기할 때마다 "나"라고 표현했다. 나는 몹시 놀랐다. 한 경관에게 몸을 기울여서 왜 저러는 거냐고 물었다. 경관은 내게 잠자코 있으라고 말했고, 잠시 후 "모든 변호사들이 그렇게 합니다."라고 덧붙였다. 나는 그러는 것 또한 나를 그 사건으로부터 떼어 놓는 것이며, 나를 '무(無)'로 만들어 버리는 것이고, 어떤 의미에서는 나를 대체하는 것이라고 생각했다. 그러나 나는 재판정에서 이미 아주 멀리 떨어져 있었다고 생각한다. 게다가 내 변호사는 우스꽝스러워 보였다. 그는 검사의 도발에 대해 아주 빠르게 변론하더니, 그 또한 나의 영혼에 대해 말했다. 그러나 그는 검사보다 재능이 훨씬 부족해 보였다. "저 또한 그 영혼에 관심을 기울여 보았습니다. 그러나 검찰청의 탁월하신 대리인*과는 반대로, 저는 뭔가를 발견했고, 그 영혼을 술술 읽어 냈다고 말씀드릴 수 있습니다." 그는 내가 교양인이고, 착실하고 지칠 줄 모르며 자기를 고용한 회사에 충실한 일꾼이며, 모두에게서 사랑을 받고 타인의 불행에 대해 동정적인 사람이라는 것을 내 영혼 속에서 읽었다고 했다. 그가 보기에 나는 어머니를 가능한 한 오래 부양한 모범적인 아들이었다. 결국 나는 내 능력으로는 어머니에게 마련해 주지 못하는 안락함을 양로원이 제공해 주기를 기대했었다고 변호사는 말했다. 그러고는 덧붙였다. "배심원 여러분, 우리가 그 양로원을 둘러싸고 그토록 떠들썩하게 다룬 것에 저는 놀랐습니다. 왜냐하면 결국 그런 시설들의 유용성과 중요성에 대한 증거를 내놓아야만 한다면, 바로 국가가 그런 시설을 지원하고 있다고 말해야 할 테니까요." 단, 변호사는 장례식에 대해서는 말하지 않았고, 그것이 그의 변론에서 결여된 부분임을 나

---

*대리인 : 검사가 우리나라에서는 법무부에 속하지만, 프랑스에서는 검찰청 소속이다.

는 느꼈다. 그러나 그 모든 긴 문장들 때문에, 그리고 그들이 내 영혼에 대해 말하던 그 끝날 줄 모르던 날들과 시간들 때문에, 나는 모든 것이 무색(無色)의 물처럼 되었다는 느낌을 받았다. 그 물속에서 나는 현기증을 일으킬 것만 같았다.

결국 내가 기억하는 것이라고는 내 변호사가 계속해서 말하고 있는 동안, 거리로부터 아이스크림 장수의 트럼펫 소리가 여러 방들과 재판정들의 그 모든 공간을 거쳐서 나에게까지 울려 퍼졌다는 점이다. 더 이상 나한테 속하지는 않지만, 내 기쁨들 중에서 가장 초라하고 가장 끈질긴 기쁨들을 발견했던 삶의 추억들이 나를 습격했던 것이다. 여름 향기, 내가 사랑했던 동네, 저녁의 어떤 하늘, 마리의 웃음과 원피스들……. 그러자 그 법정에서 내가 하고 있는 그 모든 쓸데없는 일들이 목까지 차올랐고, 내게 급한 것이라고는 단 한 가지밖에 없었다. 빨리 결말을 내서 감방으로 돌아가 잠을 자는 것이었다. 내 변호사가 마무리를 위해 소리치는 것만 겨우 들릴 뿐이었는데, 그는 배심원들이 단 일 분간의 미망으로 파멸한 성실한 일꾼을 죽음으로 내몰고 싶어 하지는 않을 것이라고 소리치고 나서, 내가 가장 확실한 징벌로서 영원한 회한을 이미 달고 다니니까 그 범죄에 대해 정상 참작을 해 달라고 요청하고 있었다. 재판은 휴정되었고, 변호사는 탈진한 기색으로 자리에 앉았다. 그런데 그의 동료들이 내 변호사 쪽으로 가더니 그와 악수를 했다. "훌륭했네, 여보게."라는 소리가 들렸다. 그들 중 한 명은 나를 증인으로 삼기까지 했다.

"그렇지 않소?"라고 물으면서 말이다. 나는 그렇다고 동의했다. 하지만 나의 칭찬은 진심이 아니었다. 나는 너무 피곤했으니까.

그러는 사이에 밖에서는 날이 저물고 있었고, 열기는 덜해졌다. 거리에서 몇 가지 소리가 들려와서 저녁의 부드러움을 짐작할 수 있었다. 우리는 법정에서 모두 기다리고 있었다. 그리고 우리가 다 함께 기다리고 있던 것은 오로지 나하고만 관계된 일이었다. 나는 그 방을 다시 둘러보았다. 모든 것이 첫날과 똑같은 상태였다. 나는 회색 윗도리를 입은 기자와 그 자동인형 같은 여자와 시선이 마주쳤다. 그러자 공판 내내 내가 마리를 눈으로 찾지 않았다는 사실이 생각났다. 그녀를 잊어버린 건 아니지만 내가 해야 할 게 너무 많았던 것이다. 나는 마리가 셀레스트와 레몽 사이에 있는 것을 보았다. 그녀는 마치 '드디어'라고 말하는 양 내게 작은 신호를 보냈다. 그녀의 얼굴이 미소 짓고 있긴 했지만 약간 불안해 하는 것을 나는 보았다. 하지만 나는 내 마음이 닫혀 있는 것을 느꼈고, 그래서 그녀의 미소에 응답할 수조차 없었다.

재판이 다시 열렸다. 재판부는 얼른 배심원들에게 일련의 문제들을 읽어 주었다. "살인에 대해 유죄"…… "사전 계획"…… "정상 참작"이라는 말들이 내 귀에 들렸다. 배심원들이 법정 밖으로 나갔고, 나는 이미 가서 기다린 적 있던 작은 방으로 데려가졌다. 내 변호사가 나를 만나러 왔다. 그는 매우 말이 많았고,

그 어느 때보다도 더 큰 자신감과 성의를 보이며 말했다. 모든 것이 다 잘 될 것이며, 내가 몇 년 징역이나 도형(徒刑)으로 그 곤경을 벗어나게 되리라고 그는 생각했다. 나는 불리한 판결이 내려질 경우 파기의 기회는 있는지 그에게 물었다. 그는 아니라고 말했다. 배심원들의 반감을 사지 않기 위해 항변을 하지 않는 것이 그의 전략이었다. 그렇게 아무 이유 없이 판결을 파기하지는 못한다고 그가 설명해 주었다. 그것은 내게도 명백해 보여서 나는 그의 논리에 승복했다. 그 일을 냉정하게 고찰해 보면, 그것은 너무나 당연했다. 반대의 경우 쓸데없는 행정 서류만 너무 많아졌을 것이다. "어찌됐든 항소가 있습니다. 하지만 나는 이번 결과가 좋을 거라고 확신합니다."라고 내 변호사는 말했다.

우리는 아주 오래 기다렸다. 내 생각에 45분 가까이 되었던 것 같다. 그 시간이 지난 후 벨이 울렸다. 변호사가 내 곁을 떠나면서 말했다. "배심원장이 평결을 읽을 것입니다. 당신은 판결 선고 때나 들여 보내질 겁니다." 문들이 찰칵찰칵 여닫혔다. 가까이 있는지 멀리 있는지 내가 알 수 없는 계단에서 사람들이 뛰어다녔다. 그리고 나서는 법정에서 뭔가 읽는 소리가 들렸는데 잘 들리지는 않았다. 또 다시 벨이 울리자 내가 있던 칸막이 공간의 문이 열렸다. 법정의 침묵이 내게까지 올라왔다. 침묵, 그리고 젊은 기자가 눈길을 돌렸다는 것을 내가 확인했을 때의 그 기이한 느낌. 나는 마리 쪽을 쳐다보지 않았다. 그럴 시간이 없었다. 재판장이 이상한 표현을 쓰면서, 내가 프랑스 국민의 이름으로 공공 광장에서 목이 잘릴 거라고 말했기 때문이다.
나는 그때 모든 얼굴들에서 읽히는 감정이 무언지 알 것 같았다.
진정으로 그것은 배려였던 것 같다. 경관들이 내게 아주 부드러
웠다. 변호사는 내 손목에 자기 손을 얹었다. 나는 더 이상 아무
것도 생각하지 않았다. 그런데 재판장이 내게 덧붙일 것이 아무
것도 없느냐고 물었다. 나는 곰곰이 생각해 봤다. "없습니다."
나는 말했다. 그러자 경관들이 나를 데려갔다.

5

나는 교도소 부속 신부의 방문을 거절했는데, 이번이 세 번째였다. 신부에게 아무 할 말도 없고, 말을 하고 싶지도 않으며, 얼마 안 있어서 어차피 그를 보게 될 테니까. 현재 나의 관심거리는 이 기계적인 것들에서 벗어나는 것이고, 불가피한 일에서도 빠져나갈 방법이 있는지 아닌지 알아보는 것이다. 그들이 내 감방을 바꿔 주었다. 이 감방에서는 몸을 쭉 펴고 누우면 하늘이 보인다. 오로지 하늘만 보인다. 하늘의 얼굴에서 낮을 밤으로 이끌어가며 색깔들이 저물어가는 것을 바라보며 나의 매일매일은 흘러간다. 나는 누워서 두 손으로 머리를 괴고 기다린다. 사형수가 무자비한 메커니즘에서 벗어나 경관들의 오랏줄을 끊고 처형 전에 사라져 버린 사례가 있을까에 대한 의문을 얼마나 많이 가져 보았는지 모른다. 그런 때면 나는 처형에 관한 이야기들에 충분히 관심 갖지 않았던 것을 후회했다. 그런 문제들에는 언제나 관심을 가져야 할 것이다. 무슨 일이 일어날지 결코 알 수 없으니 말이다. 모든 사람들이 그렇듯이 나도 그런 문제들에 관한 신문 기사들을 읽은 적은 있었다. 그러나 내가 들여다보고 싶다는 호기심을 통 갖지 않았던 전문 서적들이 분명히 있다. 그런 서적들에서 어쩌면 탈주 이야기들을 발견했을지도 모른다. 최소한 어느 한 경우에서만이라도 도르래가 멈추었다는 것을 알게 되었을지도 모르고, 그 유혹적인 탈주 계획에서 그저 딱 한 번이라도 우연과 기회가 뭔가를 바꿔 놓았다는 이야기를 알게 되었을지도 모른다. 딱 한 번이라도! 어떤 의미에서 나한테는 그 단 한 번으로 충분했을 것이라고 생각한다. 나머지는 내 마음이 맡아서 했을 것이다. 신문들은 사회에 진 빚에 대해 자주 말하곤 했다. 그들에 따르면 그 빚을 갚아야만 한다. 그러나 그런 것이 상상력에 호소하지는 못한다. 중요한 것은 탈주의 가능성, 가혹한 의식 밖으로 펄쩍 뛰기, 모든 희망의 기회들을 제공해 줄 미친 듯한 질주였다. 당연히, 희망이란 미친 듯이 달리다가 길모퉁이에서 기세 좋은 한 방의 총알에 쓰러지는 것이었다. 그러나 모든 것을 잘 고려해 보면, 아무것도 그런 사치를 내게 허용하지 않았고, 모든 것이 그 사치를 내게 금했으며, 기계적인 것들이 나를 다시 붙잡았다.

마음을 좋게 먹었음에도 불구하고 나는 그 오만한 확실성을 받아들일 수가 없었다. 왜냐하면 결국 그 확실성을 정당화했던 판결과 그 판결이 선고되던 순간부터 흔들림 없는 전개 사이에 불균형이 있기 때문이었다. 판결이 17시가 아니고 20시에 선고되었다는 사실, 판결이 완전히 달라질 수도 있었으리라는 사실, 속옷을 갈아입는 사람들에 의해 판결되고, 그 판결이 프랑스 국민(또는 독일 국민 또는 중국 국민)이라는 그렇게 모호한 개념을 믿을 만한 근거로 삼는다는 사실, 이 모든 사실들 때문에 그 결정이 진지함을 많이 잃는 것 같았다. 그럼에도 그 결정이 취해진 순간부터 그것의 효과는 내가 길게 누워 온몸을 짓이기고 있는 이 벽의 존재만큼이나 확실하고 진지한 것이 되어 버렸다.

그런 때면 나는 엄마가 아버지에 대해 들려준 이야기가 생각났다. 나는 아버지를 알지 못했다. 내가 아버지에 대해 정확히 알고 있는 것이라고는 아마도 엄마가 그때 해 준 얘기가 전부였을 것이다. 그것은 어느 살인자가 처형되는 것을 아버지가 구경하러 갔었다는 얘기였다. 그런데 아버지는 거기 갈 생각을 하니 마음이 언짢았었다고 한다. 그래도 결국 보러 갔고, 집에 돌아와서는 오전나절 중 한동안 계속 구토를 해 댔다고 한다. 그 얘길 들었을 때 나는 아버지가 좀 역겨웠다. 그러나 이제는 아버지를 이해하게 됐으며, 그것은 너무나 당연한 일이었다. 사형 집행보다 더 중대한 일은 아무것도 없으며, 요컨대 한 남자에게 진정으로 관심을 끄는 유일한 것이 바로 사형 집행이라는 것을 어떻게 나는 몰랐었단 말인가! 혹시라도 내가 이 감옥에서 나가게 된다면 나는 사형 집행들을 죄다 보러 갈 것이다. 그런 가능성을 생각한 것은 잘못이었던 것 같다. 왜냐하면 새벽에 경관들이 쳐 놓은 줄 뒤에 있는 자유로운 나를 본다는 생각, 어찌 보면 다른 한편으로는 그 처형을 보러 오고 그 후 구토를 할 수도 있을 구경꾼이 된다는 생각을 하자, 독이 든 기쁨의 물결이 내 마음에 차올랐으니 말이다. 그러나 그것은 분별없는 생각이었다. 그런 가정(假定)까지 하다니 내가 틀렸었다. 왜냐하면 곧바로 나는 너무나 끔찍스럽게 추워서 담요를 뒤집어쓰고 몸을 웅크리고 있었으니까. 멈출 수도 없이 이가 떡떡 마주치고 있었다.

그러나 늘 이성적일 수는 없는 게 당연하다. 예를 들어 어떤 때는 내가 법안을 작성하기도 했다. 형법 제도를 개혁하였던 것이다. 사형 선고를 받은 자에게 한 번의 기회를 주는 것이 절대적으로 필요하다는 것을 나는 앞서 지적했었다. 단 1천 분의 1이라 하더라도 그거면 많은 일들을 해결하기에 충분하다. 그래서 사형수(그렇다, 나는 사형수를 생각했다.)가 흡입하면 열에 아홉은 죽게 되는 화합물을 발견해 낼 수도 있을 것 같았다. 사형수는 그것을 알고 있을 것이고, 그것이 조건이었다. 잘 생각해 보면, 담담하게 사태를 고려해 보면 단두대 사용의 결점은 기회가 없다는 점, 게다가 절대적으로 없다는 점이라는 것을 내가 확인했기 때문이다. 요컨대 사형수의 죽음이 결정적으로 정해져 있었다. 그것은 기결 사건이고, 그야말로 최종적인 수단이고, 승인되었으므로 다시 거론될 수 없는 합의였다. 만에 하나 실패를 하면 다시 시작했다. 그 결과 서글픈 점이 있었는데, 죄수는 그 기계가 잘 작동하기를 바라야만 한다는 점이었다. 그것이 불완전한 측면이라고 나는 말하련다. 어떤 의미에서는 그것이 맞는 얘기다. 하지만 다른 의미에서는 훌륭한 체계화의 비결이 온통 거기에 있다는 것을 나는 인정하지 않을 수 없었다. 요컨대 사형수는 자신의 처형에 대해 정신적으로 협력해야만 했다. 사형수에게는 모든 것이 아무런 고장 없이 작동하는 것이 이득이었으니까.

또한 나는 여태까지 그런 문제들에 대해 올바르지 않은 생각들을 가졌었다는 것도 인정해야 했다. 왜 그렇게 믿었는지 모르겠지만, 나는 단두대에 가기 위해서는 처형대로 올라가야 하고 계단을 기어올라야만 한다고 오래도록 믿었다. 그것은 1789년 대혁명 때문이었다고 생각한다. 그런 문제들에 관해 사람들이 우리에게 가르쳐 주었거나 보게 해 준 그 모든 것들 때문이라고 나는 말하고 싶다. 그런데 어느 날 아침, 나는 세상을 떠들썩하게 했던 처형을 계기로 신문들이 실었던 한 장의 사진을 떠올리게 되었다. 사실상 그 기계는 더없이 단순하게 바닥에 설치되어 있었다. 그 기계는 내가 생각하던 것보다 훨씬 더 폭이 좁았다. 그런 점을 더 일찍 알아차리지 못했다니 참 우스운 일이다. 사진 속의 기계가 정교하게 제작되고 완벽하며 번쩍거리는 모습을 하고 있어서 몹시 인상적이었다. 사람들은 자기가 모르는 것에 대해서는 늘 과장된 생각을 품는다. 그와 반대로 모든 것이 단순하다는 것을 나는 인정해야 했다. 그 기계는 자기에게 걸어오는 사람과 같은 높이에 있다. 그 사람은 누군가를 만나러 걸어가듯이 기계와 만나는 것이다. 그것 또한 서글펐다. 처형대로 올라가는 것, 공중으로 올라가는 것이었다면, 상상력이 거기에 매달릴 수도 있었을 것이다. 거기서도 기계적인 것이 모든 것을 짓누르는 동안, 사람은 슬그머니, 좀 수치스럽게, 아주 정밀하게 죽임을 당했다.

내가 줄곧 곰곰이 생각했던 두 가지가 있었다. 새벽과 항소였다. 하지만 이성적으로 따져 보고 나서는 더 이상 생각하지 않으려 애를 썼다. 나는 하늘을 바라보곤 했으며, 하늘에 관심을 가지려고 애를 썼다. 하늘이 초록빛으로 물들고 있었고, 저녁이었다. 나는 생각의 흐름을 돌리려고 또 애를 썼다. 심장 소리에 귀 기울여 보았다. 그토록 오래 전부터 나와 함께 했던 그 소리가 멈출 수 있다는 것을 상상할 수가 없었다. 나는 진정한 상상력을 발휘해 본 적이 없었다. 그럼에도 그 심장 박동이 더 이상 연장되지 않는 어떤 순간을 상상해 보려고 머릿속에서 시도해 보았다. 아무 소용없었다. 새벽 또는 나의 항소가 여전히 머릿속에 있었다. 결국 나는, 가장 이성적인 것은 나 자신을 억제하지 않는 것이라고 생각하게 되었다.

바로 새벽에 그들이 오리라는 것을 나는 알고 있었다. 요컨대 나는 매일 밤 그 새벽만 기다렸다. 나는 불시에 놀라게 되는 것을 결코 좋아하지 않았다. 내게 무슨 일이 일어날 거라면 준비가 되어 있는 편을 선호한다. 바로 그 때문에 나는 결국 낮에는 조금밖에 자지 않고, 밤에는 내내 하늘의 유리창에 빛이 돋기를 끈질기게 기다렸다. 가장 힘든 것은, 그들이 통상적으로 처형을 집행하는 시간이 내가 알기로는 불명확하다는 점이었다. 자정이 지나면 나는 기다리며 동정을 살폈다. 내 귀가 그토록 많은 소음들을 감지한 적이 결코 없었고, 그토록 미세한 소리들을 구분해 낸 적이 결코 없었다. 하기야 어찌 보면 그 기간 내내 운이 좋았다고 말할 수도 있다. 발소리가 들린 적이 한 번도 없었으니까. 엄마는 사람이 결코 완벽하게 불행해질 수는 없다고 자주 말하곤 했다. 나는 감옥에 있으면서 그 말을 인정했다. 하늘이 물들고, 새로운 날의 빛이 내 감방으로 미끄러지듯 스며들 때면 그랬다. 왜냐하면 발자국 소리가 들린다거나, 내 심장이 터져 버린다거나 하는 일이 생겼을 수도 있는데 그러지 않았으니까. 비록 조금이라도 미끄러지는 소리가 들리면 문으로 달려가긴 했어도, 또 나무에 귀를 갖다 대고서 내 자신의 숨소리가 들리기까지 기다리고 있다가 그 숨소리가 거칠고 개의 헐떡거림과 너무나 비슷하다고 생각되어 경악하기는 했어도, 결국 내 심장은 폭발하지 않았고, 나는 또 스물네 시간을 벌었던 것이다.

온종일 항소만 생각했다. 나는 그 생각을 최선으로 활용했다고 믿는다. 내가 이용할 수 있는 법적 효력들을 계산해 보았고, 아주 효율적으로 고찰했다. 그리고 여전히 최악의 가정을 취했다. 나의 항소가 기각된다는 가정이었다. "그래, 그럼 난 죽게 되겠지." 다른 사람들보다 더 일찍, 그건 분명했다. 하지만 인생은 살아 볼 만한 가치가 없다는 것을 모두가 안다. 사실 나는 서른 살에 죽든 일흔 살에 죽든 별로 중요치 않다는 것을 모르지 않았다. 이러나저러나 당연히 다른 남자들과 다른 여자들이 살고 있을 테고, 수천 년 동안 그럴 테니까. 요컨대 그보다 더 명백한 것은 없다. 그게 지금이건 20년 후이건 간에 죽게 되는 사람은 여전히 나였다. 그 순간, 그런 추론을 하다 보니 거북스런 게 있었다. 다가올 20년이라는 생각을 하자 내 속에서 끔찍한 솟구침이 느껴진다는 점이었다. 하지만 어찌됐든 그때까지 살게 된다면 20년 후의 내 생각은 어떤 것일까를 상상하면서 그 솟구침을 억눌러 버릴 수밖에 없었다. 사람이 죽게 되는 마당에 어떻게, 언제, 이런 것들이 중요하지 않은 것은 분명했다. 그러므로(그런데 이 '그러므로'가 추론들에서 의미하는 모든 것을 시야에서 놓치지 않는 것이 어려웠다.), 그러므로, 나는 내 항소의 기각을 받아들여야만 했다.

그 순간, 딱 그 순간에만 나는 두 번째 가설에 접근할 권리(말하자면 그렇다는 얘기다.)를 갖게 되었고, 이를테면 나 자신에게 그 가설을 허용한 거였다. 그것은 내가 사면을 받게 된다는 가설이었다. 서글픈 일은, 당치 않은 기쁨으로 눈을 욱신거리게 하는 피와 몸의 격렬한 솟구침을 좀 진정시켜야 한다는 점이었다. 나는 그 함성을 가라앉히고, 이성으로 설복시키는 데 전념해야 했다. 나는 두 번째 가설에서조차 자연스러워야 했다. 내가 첫 번째 가정에서 한 체념을 더 수긍할 만한 것으로 여기기 위해서였다. 그렇게 하는 데 성공하면 한 시간 동안은 평온했다. 어찌됐든 그것은 고려해 볼 만한 것이었다.

바로 그 비슷한 때에 나는 부속 신부의 방문을 다시 한 번 거부했다. 나는 길게 누워 있었고, 하늘이 황금빛으로 물드는 것을 보고 여름날 저녁이 다가오는 것을 짐작했다. 나는 마음속에서 항소를 막 기각한 참이었고, 내 몸 안에서 피가 일렁이며 규칙적으로 순환하는 것을 느낄 수 있었다. 나는 부속 신부를 볼 필요가 없었다. 아주 오랜만에 처음으로 마리가 생각났다. 그녀가 더 이상 편지를 보내지 않은 지 오래되었다. 그날 저녁 나는 곰곰이 생각해 봤다. 그녀는 사형수의 애인이 되는 것이 아마도 피곤해졌나 보다고 나 자신에게 말했다. 그녀가 어쩌면 아프거나 죽었을지도 모른다는 생각도 들었다. 그런 생각을 하는 건 당연한 일이었다. 이제 떨어져 있는 두 몸뚱이 말고는 우리를 연결해 주고 서로를 상기시켜 주는 게 아무것도 없는데, 내가 그녀의 안부를 어떻게 알겠는가. 게다가 그 순간부터 마리에 대한 추억에 관심이 없어졌다. 그녀가 죽었다 해도 더 이상 관심 없었다. 나는 그것이 정상이라고 생각했다. 내가 죽은 후 사람들이 나를 잊으리라는 것을 내가 아주 잘 이해하는 것처럼 말이다. 그들은 이제 나와 아무 상관없었다. 그런 생각을 한다는 것은 힘든 일이라고 말할 수조차 없었다.

바로 그 순간 부속 신부가 들어왔다. 그를 보자 나는 살짝 떨었다. 신부는 그것을 알아채고는 내게 겁먹지 말라고 말했다.

나는 신부에게 평소에는 다른 시간에 오지 않았느냐고 말했다. 신부는 이것은 항소와는 아무 상관없이 순전히 우정 어린 방문이라고 대답했다. 내 항소에 대해서는 아무것도 알지 못한다고 말했다. 신부는 내 침대에 앉더니 나더러 가까이 오라고 청했다. 나는 거절했다. 그래도 어쨌든 나는 그가 아주 부드러워 보이긴 한다고 생각했다.

신부는 두 팔을 무릎 위에 얹고 머리를 숙이고서 두 손을 바라보며 잠시 앉아 있었다. 그의 손들은 가느다랗고 근육이 잡혀 있어서 두 마리의 민첩한 짐승을 생각나게 했다. 신부는 두 손을 천천히 비벼 댔다. 그러고는 계속 그렇게 있었다. 머리를 여전히 숙인 채로 너무 오래 그리고 있어서 한순간 나는 그를 잊어버린 것 같은 느낌이 들었다.

그런데 갑자기 그가 머리를 들더니 나를 정면으로 바라보았다. "왜 나의 방문을 거절하는 건가요?"라고 신부가 말했다. 나는 신을 믿지 않는다고 대답했다. 그는 내가 그 점에 대해 확신하는지 알고 싶어 했고, 나는 그것을 나 자신에게 물어볼 필요도 없다고 말했다. 나한테는 전혀 중요하지 않은 질문으로 보이기 때문이라고 설명했다. 그러자 그는 몸을 뒤로 젖혀서 벽에 기대고는 손을 펴서 넓적다리 위에 올려놓았다. 거의 내게 말하는 것 같지 않은 표정으로 신부는 지적했다. 가끔씩 사람들은 자신에 대해 확신하지만 사실은 그렇지 않다는 지적이었다. 나는 아무 말도 하지 않았다. 신부는 나를 쳐다보더니 물었다. "그 점에 대해 어떻게 생각합니까?" 나는 그럴 수도 있다고 대답했다. 어쨌든 내가 실제로 무엇에 관심 있는지 어쩌면 확신하지 못할 수도 있으나, 관심 없는 것에 대해서는 완전히 확신한다고 그에게 말했다. 그런데 마침 그가 내게 말하고 있는 것에는 관심이 없다고 했다.

신부는 눈길을 돌리더니 여전히 자세를 바꾸지 않은 채, 절망이 지나쳐서 그렇게 말하는 것이냐고 내게 물었다. 나는 절망에 빠지지 않았다고 설명했다. 그저 두려울 뿐이었고, 그것은 아주 자연스러운 일이었다. "그렇다면 신이 당신을 도와줄 텐데. 당신과 같은 경우에 놓인 사람들 중 내가 알게 된 사람들은 모두 다 신께로 돌아왔어요."라고 그는 일러 줬다. 나는 그것은 그들의 권리라고 인정했다. 그것은 그들이 그렇게 할 시간이 있었다는 것을 증명해 주는 것이었다. 나로 말할 것 같으면, 누가 날 도와주기를 바라지도 않았고, 관심도 없는 것에 관심을 기울일 시간도 마침 없다고 말했다.

그 순간 신부는 짜증스러워 하는 손짓을 했다. 하지만 다시 일어서더니 옷의 주름들을 정리했다. 그것이 끝나자 신부는 나를 "나의 친구"라고 부르면서 말했다. 그렇게 말한 것은 내가 사형 선고를 받았기 때문이 아니며, 자기 생각에 우리는 모두 죽게 될 운명이라고 신부는 말했다. 그러나 나는 신부의 말을 끊고서, 그것은 같은 게 아니며 게다가 그 어떤 경우에도 위로가 될 수 없는 말이라고 했다. "물론 그렇소."라고 신부가 동의했다.

"하지만 당신이 오늘 죽지 않는다 해도 나중에는 결국 죽게 될 것이오. 그때도 같은 문제가 제기될 것이오. 그 끔찍한 시련을 어떻게 접근하려는 거요?" 나는 지금 이 순간 접근하는 것과 꼭 마찬가지로 접근할 것이라고 대답했다.

그 말에 신부는 일어서더니 내 눈을 똑바로 쳐다보았다. 그것은 내가 잘 알고 있는 놀이였다. 나는 엠마뉘엘이나 셀레스트와 그 놀이를 즐겨 했고, 대체로 그들이 눈을 돌리곤 했다. 부속 신부도 그 놀이를 잘 알고 있음을 나는 당장 알게 되었다. 그의 시선은 흔들리지 않았다. 그리고 나한테 다음과 같이 말할 때는 목소리도 흔들리지 않았다. "당신은 그럼 아무런 희망도 없는 겁니까? 당신이 온전히 죽게 되리라는 생각으로 살고 있습니까?" 나는 "네."라고 대답했다.

그러자 신부는 고개를 숙이고서 다시 앉았다. 그는 나를 불쌍히 여긴다고 말했다. 그는 그것이 한 인간으로서는 견딜 수 없는 일이라고 판단했다. 그런데 나는 신부가 나를 지겹게 하기 시작했다는 것만 느꼈을 뿐이다. 이번에는 내가 얼굴을 돌리고 천창 아래로 갔다. 나는 벽에 어깨를 기댔다. 그의 얘기를 잘 쫓아가지는 않았지만, 다시 내게 묻기 시작하는 것이 들렸다. 그는 불안하고 절박한 목소리로 말했다. 나는 그가 흥분했다는 것을 알아차리고서 그의 말을 더 잘 들어 보았다.

신부는 나의 항소는 받아들여질 거라고 확신하지만, 나에게는 내려놓아야 할 죄의 무거운 짐이 있다고 말했다. 신부에 따르면, 인간들의 정의는 아무것도 아니며, 신의 정의가 전부였다. 그래서 나는, 나를 처벌한 것은 인간의 정의라고 지적했다. 그는 그렇다고 해서 그 인간의 정의가 내 죄를 씻어 주지는 않는다고 대답했다. 나는 죄라는 것이 무엇인지 모르겠다고 했다. 사람들은 그저 내가 죄인이라는 것을 알려 줬을 뿐이었다. 나는 유죄였고, 그 대가를 치르고 있었으며, 그 이상은 내게 아무것도 요구할 수 없다고 나는 말했다. 그 순간 신부가 다시 일어났다. 나는 너무나 좁은 이 감방에서 신부가 몸을 움직이고 싶어도 선택의 여지가 없다고 생각했다. 앉든지, 아니면 일어서야 했다.

나는 바닥만 쳐다보고 있었다. 신부가 내 쪽으로 한 발자국 오더니, 마치 더 오지는 못하는 듯 멈춰 섰다. 그는 창살을 통해 하늘을 바라보았다. 그러고는 말했다. "아들이여, 자네는 착각하고 있는 걸세. 사람들이 자네에게 그 이상을 요구할 수도 있다네. 그리고 어쩌면 그것을 요구할 걸세." "아니, 뭘 말입니까?" "보라고 요구할 수도 있을 걸세." "뭘 보나요?"

신부는 바로 자기 주위를 둘러보고 나서, 내 보기에는 갑자기 매우 지친 것 같은 목소리로 대답했다. "이 모든 돌들이 고통을 발산하고 있다는 것을 난 알고 있네. 그것들을 바라볼 때마다 매번 불안감에 빠진다네. 그러나 마음속 깊이 나는 알고 있지. 자네 같은 사람들 중에서도 가장 비참한 사람들이 자신들의 어둠으로부터 신의 얼굴이 나오는 것을 봤다는 걸 말일세. 자네한테 보라고 요구하는 것이 바로 그 얼굴이네."

나는 좀 격앙되었다. 나는 그 벽들을 바라본 지 여러 달 되었다고 말했다. 이 세상에서 그 벽들보다 더 잘 아는 것은 아무것도 없고, 아무도 없었다. 어쩌면 아주 오래 전부터 나는 그 벽들에서 하나의 얼굴을 찾으려 했는지도 모른다. 하지만 그 얼굴은 태양의 색깔과 욕망의 불꽃을 갖고 있었다. 그것은 마리의 얼굴이었다. 나는 헛되이 그 얼굴을 찾고 있었던 것이다. 이젠 다 끝났다. 그리고 어쨌든 나는 그 땀이 어린 돌로부터 불쑥 나타나는 그 무엇도 보지 못했다.

부속 신부는 일종의 슬픔에 서려 나를 바라보았다. 나는 이제 벽에 완전히 등을 대고 있었고, 햇빛이 내 이마 위로 흘렀다. 신부가 몇 마디 했지만 나는 듣지 못했다. 그러고 나서 신부는 나를 안아도 되겠느냐고 아주 빠르게 물었다. 나는 "아니오."라고 대답했다. 그는 몸을 돌려서 벽 쪽으로 걸어가더니 손으로 천천히 벽을 훑었다. "그러니까 자네는 이 땅을 그 정도로 사랑한다는 건가?" 신부가 중얼거렸다. 나는 아무 대답도 하지 않았다.

신부는 몸을 돌린 채 꽤 오래 그러고 있었다. 그의 존재가 나한테 짐스럽게 여겨졌고, 짜증이 났다. 그에게 이제 그만 가라고, 나를 내버려 두라고 말하려던 찰나, 그가 내게로 몸을 돌리면서 갑자기 버럭 소리쳤다. "아니, 나는 자네 말을 믿을 수가 없네. 자네도 다른 생을 기원한 적이 있을 거라고 나는 확신하네." 나는 신부에게 당연히 그런 적은 있으나, 그것은 부자가 되고 싶다거나 수영을 아주 잘하고 싶다거나 더 잘생긴 입을 갖고 싶다거나 하는 것보다 더 중요한 건 아니라고 대답했다. 그것은 같은 차원이라고 했다. 그러나 신부는 내 말을 막더니, 내가 다른 생을 어떻게 보고 있는지 알고 싶어 했다. 그래서 나는 소리 질렀다. "이 삶을 기억할 수 있을 그런 삶이요." 그러고 나서 즉각 지겹다고 말했다. 신부는 내게 또 신에 대해 말하려 했지만, 나는 신부에게 다가가서 내게는 시간이 별로 남아 있지 않다고 마지막으로 설명하려 해 봤다. 나는 남은 시간을 신 때문에 잃어버리고 싶지는 않았다. 신부는 내가 왜 '신부님'이라고 하지 않고, '므슈'*라고 부르는지 물으면서 주제를 바꾸려 했다. 이 때문에 나는 신경질이 나서 당신은 내 아버지가 아니라고 대답했다.** 그는 다른 사람들과 함께 있으니까.

"아니네, 나의 아들." 신부는 내 어깨에 손을 얹으며 말했다. "나는 자네와 함께 있다네. 하지만 자네는 그것을 알 수가 없네. 마음의 눈이 멀었기 때문일세. 내가 자네를 위해 기도하겠네."

그때, 왜인지는 모르겠으나 내 안에서 뭔가가 터져 버렸다. 나는 고래고래 소리 지르기 시작했고, 욕을 해 댔으며, 기도하지 말라고 했다. 나는 신부복의 깃을 움켜쥐었다. 기쁨과 분노가 뒤섞여 솟구치면서 나는 마음속의 모든 것을 신부에게 죄다 퍼부었다. 그는 너무나도 확신에 찬 표정 아니었던가? 하지만

---

*므슈(Monsieur) : 남성에 대한 호칭으로 영어에서의 Mister와 같다.
**프랑스 어에서 '신부님'을 호칭하는 단어 'mon père'는 '내 아버지'라는 뜻을 갖고 있다. 신부(神父)의 '부'가 아버지를 뜻하는 것과 같은 맥락이다.

그가 확신하는 것들 중, 그 어느 것도 여인의 머리카락 한 올만큼의 가치도 없었다. 그는 죽은 사람처럼 살고 있으므로 살아 있다는 것조차 확실치 않았다. 나, 나는 빈손인 것처럼 보였다. 하지만 나는 나 자신을 확신했고, 모든 것에 대해 확신했고, 그 신부보다 더 확신했으며, 내 인생과 다가올 그 죽음에 대해 확신했다. 그렇다. 나한테는 그것밖에 없었다. 하지만 적어도 그 진실이 나를 붙잡고 있는 만큼, 나 또한 그 진실을 붙잡고 있었다. 내가 옳았다. 내가 또 옳았고, 나는 늘 옳았다. 나는 그런 식으로 살아왔고, 그리고 다르게 살 수도 있었을 것이다. 이런 것은 했고, 저런 것은 하지 않았다. 어떤 것은 하지 않은 반면, 다른 어떤 것은 했다. 그런 후에는? 그것은 마치 내가 그 순간, 내가 정당화될 그 새벽을 내내 기다린 것만 같았다. 아무것도, 아무것도 중요하지 않았고, 왜 그러한지 나는 잘 알고 있었다. 신부도 왜 그러한지 알고 있었다. 내가 이끌어왔던 그 부조리한 삶 내내, 내 미래의 깊은 곳으로부터 모호한 숨결이 내게로 올라왔다. 아직 도래하지도 않은 세월들을 거쳐서 온 거였다. 내가 살아 냈으나 더 실제적이지도 않은 세월들 속에서 제안 받았던 모든 것들을, 그 숨결이 지나가면서 모두 다 균등하게 만들어 버렸다. 다른 사람들의 죽음, 어머니에 대한 사랑이 뭐가 중요하며, 그의 신, 우리가 선택하는 삶들, 우리가 고르는 운명들이 뭐 중요하단 말인가. 단 하나의 운명만이 바로 나를 선택할 테고, 그리고 나와 더불어, 그처럼 자신을 나의 형제라고 말하는 무수한 특권자들을 선택하게 될 테니까 말이다. 그는 이해했을까, 과연 이해했을까? 모든 사람들이 특혜를 입은 것이었다. 오로지 특권자들밖에 없다. 다른 사람들도 언젠가 형을 선고받을 것이다. 그 신부 또한 형을 선고받을 것이다. 만약 그가 살인죄로 기소되었는데, 자기 어머니의 장례식에서 울지 않았다는 이유로 처형된다 한들 무슨 상관이란 말인가? 살라마노의 개는 그의 아내와 같은 가치를 갖고 있었다. 자동인형 같은 그 자그마한 여자는 마쏭이 아내로 맞았던 파리 여인 또는 나와 결혼하고 싶어 하던 마리만큼이나 유죄였다. 레몽보다 더 나은 셀레스트가 내 친구인 것만큼이나 레몽도 내 친구인 게 뭐 대수인가? 마리가 오늘 어떤 새로운 뫼르소에게 입술을 준다 한들 뭐 대수인가? 도대체 그는 이 사형수를 이해하고 있기나 하단 말인가, 그리고 내 미래의 깊은 곳에서……. 나는 이 모든 얘기를 외치다가 숨이 막힐 것 같았다. 그러나 이미 간수들이 내 손에서 부속 신부를 떼어 내고는 나를 위협하고 있었다. 그런데도 신부는 그들을 진정시키고는 말없이 잠시 동안 나를 바라보았다. 그의 눈에는 눈물이 그득했다. 그는 몸을 돌려 가 버렸다.

신부가 가고 나자 나는 다시 평온해졌다. 나는 기진맥진해서 침대에 몸을 던졌다. 잠을 잤던 것 같다. 얼굴에 비친 별들과 함께 깨어났으니 말이다. 전원(田原)의 소리들이 내게까지 올라왔다. 밤, 흙, 소금의 냄새들이 내 관자놀이를 시원하게 해 주었다. 잠들어 버린 여름날의 그 경탄스런 평화가 밀물처럼 내 안으로 밀려들었다. 그 순간, 밤의 경계에서 사이렌이 요란하게 울렸다. 이제 나와는 영영 상관없는 세계로의 출발을 알리는 소리였다. 아주 오랜만에 처음으로 엄마가 생각났다. 생애 끝 무렵에 엄마가 왜 ‘약혼자’를 만들었는지, 왜 다시 시작하는 도박을 했는지 이해할 것만 같았다. 거기, 거기서도, 생명들이 꺼져 가는 그 양로원 주위에서도, 저녁은 ‘우수(憂愁)에 잠긴 휴전(休戰)’과도 같았다. 죽음에 그토록 가까이 있으면서도 엄마는 거기서 해방된 느낌으로 모든 것을 다시 살아 볼 준비가 되어 있음을 느꼈을 것이다. 아무도, 아무에게도 엄마에 대해 슬퍼할 권리가 없었다. 그리고 나 또한 모든 것을 다시 살아 볼 준비가 되어 있음을 느꼈다. 마치 이 큰 분노가 내게서 악을 제거하고 정화시키며 희망을 비우기라도 한 것 같았다. 징조들과 별들이 가득 찬 그 밤을 앞에 두고, 나는 처음으로 세상의 다정한 무관심에 나를 열었다. 나와 그토록 비슷하고, 요컨대 너무나 형제 같은 그 무심함을 겪는 것이 나는 행복했었고, 아직도 그렇다고 느꼈다. 모든 것이 성취되기 위해, 내가 덜 외롭다고 느껴지도록, 내게 아직도 바랄 것이 남아 있었다. 내가 처형되는 날, 구경꾼들이 많이 와서, 나를 증오의 외침으로 맞아주기를……

고독, 아니면 부조리에 맞서는 연대 의식?

"태양이 너무 뜨거워서 그랬습니다." 이미 총으로 쓰러뜨린 자에게 왜 네 발이나 더 쏘았느냐는 심문에 주인공 뫼르소가 한 대답이다. 이 무심한 말은 우리를 몹시 당황케 하며, 그보다 앞서 "오늘 엄마가 죽었다. 아니, 어쩌면 어제였는지도……."라는 서두에서 느껴지는 뚝뚝함은 우리에게 더더욱 낯설다. '이방인'이라는 제목에서부터 그런 낯섦을 예고하긴 하지만……. 이 '이방인' 같은 소설 『이방인』은 상식과 선입관으로 도저히 이해되지 않는 낯선 것들로 인해 출간 이래 수십 년 동안 무수히 많은 평론들과 연구들을 낳았다. 그런데 이렇듯 특이해 보이는 느낌들에도 불구하고, 사실상 이 작품은 독자를 놀라게 하려 든다거나 두드러져 보이려는 의도가 계산되어 있지 않다. 오히려 고전적인 형식의 작품이라는 것이 평단의 생각이다. 카뮈와 동시대 작가이자 철학자였던 사르트르는 『이방인』을 "부조리에 관한, 그리고 부조리에 맞서는 보수적인 고전 작품"이라 했고, 롤랑 바르트는 "전후(제2차 세계 대전 후) 제일의 고전 작품"이라고 꼽았다. 그러한 평가를 카뮈 자신도 싫어하지 않았고, 그 역시 스탕달이나 방자맹 콩스탕, 심지어 마담 드 라파예트 등의 고전작가들에 대한 호감을 계속해서 드러냈다.

그런데 서술 면에서는 꽤 혁신적이어서, '단순과거'로 서술하는 종래의 문학 작품들과 달리 '복합과거'라는 완료형 시제로 일관한다. 이로 인해 뚝뚝 끊어지며 나열되는 사건들의 서술에다가 감정 표현을 최대한 하지 않고, 어느 쪽에도 기울어지지 않는 주인공의 화법으로 인해 마치 이야기가 스스로 또는 저절로 이어져 가는 것 같은 인상을 준다. 이어지는 사건들에 대해서도 그저 '사실'을 알릴뿐, 설명도 해설도 하지 않는다.

하지만 '사실'을 가능한 한 수식어 없이 최대한 중립적으로 말하는 듯이 보인다고 해서, 이 소설이 막 출간되었을 당시의 일부 평론가들이 지적한 바처럼 '사실주의적'인 것은 아니다. 이런 평가에 대해 알베르 카뮈 자신은 "당신들은 내가 현실처럼 만들려는 야망을 갖고 있다고 간주하는군요. 사실주의란 의미가 비어 있는 단어입니다. (중략) 나는 사실주의를 개의치 않았습니다. 내 야망에 어떤 형태를 부여해야만 한다면, 나는 그 반대로 '상징'에 대해 얘기할 것입니다."라고 했다. 그렇다. 이 소설은 온통 상징적이다. 이 작품을 쓰기 얼마 전인 1938년 2월의『작가수첩』에서 카뮈는 "진정한 예술작품은 적게 말하는 작품"이라고 적어 놓은 바 있다. 명시적으로 표명하고 설명하기보다 함축과 암시를 통해 작품이 풍요해지며, 그 풍요로움을 짐작하고 간파하는 것은 독자의 몫이라는 입장일 것이다.

걸작의 필요조건인 그런 풍요로움을 발견하는 즐거움을 맛보기 위해서는 이야기의 역사적 공간적 배경에 대한 최소한의 이해가 필요할 텐데, 이 작품은 그마저도 말을 아끼고 있다. 우선 이 작품이 출간되던 1942년에 알제리는 아직 프랑스의 식민지였고, 알베르 카뮈는 이곳에서 태어났다. 그는 이른바 '피에 누아르(pied noir, 검은 발)'로 지칭되던 식민지 태생 프랑스 인이었다. 그의 집안은 19세기 전반 알제리가 프랑스에 병합되던 초기에 알제리로 왔으며, 어머니는 스페인 출신이다. 즉, 그는 이슬람 문명의 사회에서 태어나고 자란 유럽 인이다. 이렇듯 자신의 출신 문명이 아닌 다른 문명의 사회 속에서 카뮈는 진작 '이방인'이었던 것이다. 그리고 나중에 프랑스로 가서 파리의 지식인 사회에 들어갔을 때도 그는 자신을 그 사회의 '이방인'이라고 느끼게 된다. 이 때문에 그는 이슬람 사회로부터도 지탄의 대상이 되고, 파리의 지식인들에게서도 제대로 이해 받지 못한다.

1939년 말에 알제리의 오랑으로 피신해 가 있던 카뮈는 "이 갑작스런 깨어남은 무엇을 의미하는가? 이 어두운 방에서, 문득 낯설어진 도시의 소음과 함께? 그리고 내게는 모든 것이 낯설다, 모든 것이, 내게 속한 존재 없이, 이 상처를 아물게 할 곳 없이. 나는 여기서 뭘 하고 있는가? 이 동작들, 이 미소들은 무슨 의미가 있단 말인가? 나는 여기에 속하지 않는다. 그렇다고 다른 데 속하는 것도 아니다. 세계는 이제 그저 알지 못하는 풍경이고, 거기서 내 마음은 아무 데도 기댈 데가 없구나. '낯섦', 이 단어가 무엇을 뜻하는지 누가 알쏘냐. 낯섦, 모든 것이 분명한 지금 모든 것이 내게는 이상하다고 고백하고, 기다리고, 아무것도 아끼지 않는 것. 최소한 침묵과 창작을 동시에 완성하도록 일하는 것. 무슨 일이 닥치든 나머지는 모두, 나머지 것들 모두는 아무래도 상관없다."고 토로한다. 마치 『이방인』의 뫼르소가 말하고 있는 듯하다.

소설 『이방인』에서 주인공 뫼르소 또한 카뮈처럼 프랑스 인이다. 그가 아랍 인을 죽이는 장면이 이슬람 사람들이 보기에는 인종 차별주의적 행동처럼 여겨졌고, 이 소설에서 유럽 인 등장인물들은 모두 이름이 있는데 아랍 인들은 그저 '아랍 인'으로 지칭되고 있는 점 또한 인종 차별주의적이라고 비판 받았다.(하지

150

만 소설의 후반부에서 재판에 관한 이야기를 다룰 때는 재판정 안의 등장인물들이 모두 익명이어서 때로는 그들의 역할들이 혼동되기까지 한다. 게다가 이 소설에서처럼 아랍 인을 살해한 죄로 유럽 인이 사형 선고를 받는 일이 1939년~1940년의 현실에서는 있을 수 없었으리라는 것이 일반적인 의견이다.) 그리고 알제리가 자국의 독립을 위해 움직일 때도 카뮈는 애매한 태도를 취하면서 자기가 사랑하는 알제리가 프랑스로 남아 있기를 원한다고 표명했다. 이 때문에 이슬람 사람들뿐만 아니라 파리의 지식인들에게서도 지탄을 받았다. 그러나 이런 입장을 단순히 인종 차별주의로 단정 짓기에는 카뮈의 지중해 지역에 대한 사랑이 너무 크다. 그에게는 알제리라는 국가가 독립 국가로 되느냐 프랑스에 계속 예속되느냐 하는 정치적인 귀속 문제보다는 정서적 소속감과 향수(nostalgia)가 더 중요했던 것 같다. 카뮈가 노벨상을 타기 위해 스톡홀름에 갔을 때 한 아랍 학생이 알제리 문제에 대해 질문하며 몰아세웠을 때 카뮈는 "나는 정의를 믿는다. 하지만 정의 이전에 내 어머니를 방어해 줄 것이다."라는 말을 한다. 여전히 알제의 벨쿠르 동네에 살고 있던 그의 어머니는 이 대목에서 '그가 태어난 땅, 알제리'와 동일시된다고 해석할 수 있다. 카뮈에게 있어 알제리는 프랑스의 식민지이냐 아니

≫

면 독립국이냐 이전에 자기가 태어나고 자란 땅, 사랑하는 어머니가 살고 있는 땅, 그가 그토록 찬미하는 지중해 바다와 태양의 땅이었던 것이다.

그런 만큼 카뮈는 알제리에 대해, 수도 알제에 대해, 알제 사람들과 그가 주로 살았던 벨쿠르 동네(『이방인』의 주인공이 사는 동네) 주민들의 생활에 대해 잘 알고 있었다. 1938년과 1940년 사이에 작성된 『작가수첩』에는 벨쿠르 주민들의 일상생활에 대한 단상들이 많이 담겨 있고, 1946년에는 카뮈가 이 작품에 대해 쓴 한 논평에서 "땅, 하늘, 그 땅과 그 하늘에 의해 만들어진 사람"이라고 밝히면서, "그곳 사람들은 그저 내 주인공처럼 살고 있다."고 단언했다. 소설의 맨 앞부분에 나오는 마렝고에서의 장례식도 카뮈 자신의 경험에서 따온 것이고, 레몽과 애인의 오빠들과의 싸움도 그 지역의 민간전승 이야기에서 영감을 얻은 것이라고 한다.

『이방인』에 나오는 재판에 대해서도 카뮈의 경험 속에서 해석의 단서를 찾으려 한다거나 카프카의 『심판』의 영향이라고 주장한다거나 하는 시도들이 있었다. 하지만 무엇보다 2부에서 재판을 받는 뫼르소가 처한 상황은 『이방인』과 같은 시기에 부조리 시리즈로 내놓은 『시지프 신화』에서 제기된 인간의 부조리 상황을 나타내는 것이다. 기계적인 사회 시스템 속에서 인간이 부딪치게 되는 절망적인 상황을 상징적으로 보여 주는 시도였다.

재판부나 배심원들은 뫼르소가 저지른 형사죄보다 어머니의 장례식에서 울지 않았다는 점과 상중에도 코믹한 영화를 보러 가고 여자와 데이트를 한 사실에 더 주목한다. 그러나 뫼르소는 자신을 변호하려 들지 않는다. 그는 자기 자신의 삶에 대해서조차 '이방인'이다. 사르트르는 〈『이방인』에 대한 설명〉이라는 글에서 주인공에 대해 "뫼르소의 '이론적' 측면을 등한시할 수 없을 것이다."(『상황, I』, 1947년)라고 타당한 지적을 하였다. 같은 맥락에서 나탈리 사로트는, 뫼르소의 존재방식과 사고방식은 "하나의 사례, 어쩌면 하나의 교훈"을 주려는 야망을 갖고서 "단호하고 도도한 결의, 절망에 차고 명철한 거부"를 표명하는 것 같다고 했다.(『의혹의 시대』, 1956년) 지식인 카뮈의 어떤 의지의 발로라고 볼 수 있다는 얘기다.

카뮈 자신은 1955년에 미국 대학에서 출간된 『이방인』의 서문에서 뫼르소에 대해 "그는 그 어떤 감수성도 결핍되어 있기는 커녕, 집요하기 때문에 깊은 열정, 절대와 진실에 대한 열정이 그를 격앙시키고 있다."고 표현하였다. 단지, 뫼르소의 감수성이 타인들의 감수성과 다를 뿐이다. 따라서 사르트르가 "이 시대의 문학 작품들 가운데서 이 소설은 작품 자체가 '이방인'이다. 이 소설은 경계선 저편에서, 바다 저쪽에서 우리에게 왔다. 석탄 없는 이 매서운 봄에 우리에게 태양에 대해 얘기하는데, 이국적인 경이로움으로서가 아니라 태양을 너무나 즐겼던 사람들의 그 싫증난 친숙함과 더불어 얘기하였다."고 한 지적은 더욱이 우리가 본래 갖고 있던 잣대나 선입관들로 이 작품에 접근하는 것을 다시금 경계하게 해 준다.

뫼르소는 자기가 저지른 행위보다는 사회의 통념이나 관례에서 벗어난 태도 때문에 더 지탄을 받는다. 사회 내에서 일종의 게임의 룰을 존중하지 않는 그는 다른 구성원들에게 신경에 거슬리는 존재이다. 그의 살인죄는 그를 제거하기에 좋은 구실이 된다. 뫼르소는 그 죄로 인해 격리되어 고독한 상태에 놓이지만, 아이러니컬하게도 문학비평가 르네 지라르는 뫼르소의 아랍 인 살해를 "인류와의 접촉을 복구하기 위해서"라고 해석한다. 자기가 인정받지 못하는 사회에 등을 돌리면서도 '이방인'이라는 제목으로 책을 쓰기로 작정한 저자의 태도와 똑같은 행위로 보는 지적이 이로써 이해 가능해진다. 카뮈에게 있어 '연대의식'과 '고독' 사이의 선택은 평생 따라다니던 문제이다. 그래서 이에 대한 고찰을 그의 마지막 작품인 단편집 『적지와 왕국』에서

본격적으로 다루는데, 그 단편들 중 「조나스, 작업 중인 예술가」의 맨 마지막에서 주인공인 화가 조나스는 화폭에 'solidaire(연대적인)'인지 'solitaire(고독한)'인지 구분하기 어렵게 적어 놓는다. 이 의미심장한 말미는 이 둘 사이에서의 위태로운 줄타기가 인간의 상황임을 말하고자 함이었을 것이다.

한편, 카뮈는 고립되고 사회로부터 위협을 받는 '개인'에게 우선 관심을 갖고 나서 나중에 '집단적 운명'을 고려하였으며, 이데올로기의 체계적이고 기계론적인 성격을 경계하여 결국 사르트르를 위시한 지식인 집단에 머물러 있지 못했으므로, 카뮈를 그 시대의 '실존주의'와 결부시키는 오류는 피해야 한다. 카뮈의 개인주의적 성격은 '반항'을 통해 집단적 윤리의 의미를 갖게 된다. 이처럼, 그 무엇에도 무관심하고 자기 자신의 행위에 대해서조차 이방인 같은 태도를 보이던 뫼르소가 앞서 견지하던 모습을 버리고 흥분하는 장면이 소설 뒷부분에 나온다. 부속 신부가 찾아와서 권면하던 때이다. 신의 존재를 전혀 믿지 않는 뫼르소에게 신을 중심으로 하는 가치 체계란 아무 의미 없고, 그는 그저 자신의 감각이 시키는 대로 살아온 터인데, 신부가 찾아와서 회개하라고 권면하며 신의 도움과 내세에 대한 희망을 얘기하자 뫼르소는 폭발한다. 그는 그런 도움이나 희망은 인간의 비

〉〉〉

접함에서 비롯되는 속임수라고 여기기 때문이다. 신 없는 세계, 아무런 도움 없는 숙명을 무심히 받아들이는 것이 정직하고 용기 있는 태도라고 여기는 것 같다. 저자인 카뮈도 뫼르소가 판결을 받는 것은 그가 (사회의) "게임의 규칙을 지키지 않았기 때문에", 즉 "거짓말하는 것을 거부하기 때문에"라고 후에 설명한다. 뫼르소를 '부도덕한 인간'이라 비난한 일군의 비평들이 있지만, 어찌 보면 그는 자기 방식의 윤리를 지킨 것이다.

그러나 그토록 무수히 많은 해석들과 해설들에도 불구하고, 이 소설의 '진정한 의미'는 여전히 단정 짓기 힘들다. 수수께끼 같은 바로 그러한 면이 이 작품의 위력이자, 위대한 고전의 속성들 중 하나가 아닐까? 그리고 독자들은 이 모호한 텍스트를 이해하려는 관심과 노력 가운데서 자기 자신에 대한 이해를 더하는 체험을 하리라 생각된다.

—옮긴이 이효숙

＜＜알베르 카뮈 연보＞＞

1913년 11월 7일 알제리의 작은 마을 몽도비에서 부친 뤼시앵 카뮈와 모친 카트린 생테스 사이에서 프랑스계 알제리 이민자로 태어남.

1914년 제1차 세계 대전에 징집된 아버지 뤼시앵 카뮈가 마른느 전투에서 부상을 입고 생브리외 군인병원에서 28세의 나이로 사망함. 알베르 카뮈는 어머니와 특히 권위적인 할머니의 손에서 키워지다가, 알제리의 수도 알제의 벨쿠르라는 서민적인 동네에서 정육점을 하는 외삼촌 집에서 살며 "가난을 배우게" 됨. 두 아들을 키우기 위해 청소부 일을 했던 어머니는 일 때문에 늘 녹초가 되어 있었고 반쯤 청각장애인에다 거의 문맹이어서 둘 사이에 진정한 소통은 없었음. 이러한 소통 부재와 침묵에 응답하려는 시도가 알베르 카뮈의 작품들 일부를 탄생시켰다고 할 수 있음.

1923~1924년 공립초등학교의 마지막 학년 때 알베르 카뮈의 지적 능력을 간파한 교사 루이 제르맹이 방과 후 카뮈를 무상으로 가르치고, 가족에게 아이를 장학금 선발시험에 내보내라고 설득함. 카뮈는 이 장학금을 받고 중고등학교에 갈 수 있게 되어 1924년 알제의 뷔조 중고등학교에 입학함. 감각적인 카뮈는 사춘기 시절에 바다와 알제리의 전원을 좋아하며 행복하게 보냄. 수영 솜씨도 탁월했으나 가장 좋아하는 운동은 축구였음.

1928년 '알제 대학 레이싱'이라는 스포츠클럽에 들어감.

1929년 앙드레 지드의 작품들을 읽음.

1930년 바칼로레아(대학 입학 자격시험)에 통과함. 갑자기 결핵에 걸려서 인간에게 가해지는 부당함을 의식하게 됨. 결핵이 발병할 때부터 인간은 혼자이고, 죽을 수밖에 없는 존재라는 것을 깨달음.

1931년 알제에 있는 고등사범학교의 준비반에서 교수이자 철학자인 장 그르니에를 만남. 장 그르니에는 카뮈의 지적 형성에 결정적인 영향을 끼침.

1932년 〈쉬드〉지에 「새로운 베를렌」, 「세기의 철학」 등 첫 작품들인 에세이들이 실림.

1932년 알제 대학에서 철학을 공부함. 파시즘에 반대하는 투쟁을 함.

1933년 암스테르담 플레이엘의 반(反) 파시스트 운동에 가담함.

1934년 6월 알제의 유명 안과 의사의 딸인 시몬 이에와 결혼함. 그러나 이 부부는 2년 후에 헤어짐.

1935년 『안과 겉』 집필과 『작가수첩』 기록을 시작함. 프레맹빌과 장 그르니에의 권유로 공산당에 가입.

1936년 철학 학사과정을 마치고서 〈신플라톤주의와 기독교적 형이상학의 관계〉에 관해 학위과정을 준비함. 고전극과 현대극 작품을 빈곤한 사람들도 접근할 수 있도록 '노동 극단(Théâtre du Travail)'을 창단함. 이 극단은 1937년에 '팀 극단(Théâtre de l'Equipe)'으로 이름이 바뀜.

배우, 연출가, 각색자 등으로 활동한 카뮈는 진정으로 연극인이었으며, 연극에 대한 이런 열정은 집단적 축제에 대한 호감으로 연결됨. 카뮈는 집단적 축제에서 인간이 고독을 초월할 수 있다고 보았음. 부인과 이혼함.

1937년 결핵 때문에 치료를 위한 휴식을 자주 가짐. 이슬람교도들의 주장에 호의적인 그의 신념을 점검해 보라고 다그치는 공산당과 결별함. 이 시기에 겪은 현실 체득의 힘겨움이 초기 저서들에서 드러남. 『안과 겉』 출간. 반쯤 자서전적이고 꽤 상징적인 『안과 겉』은 서로 떼어 낼 수 없는 '삶에 대한 사랑'과 '삶에 대한 절망'을 얘기하고 있음. 카뮈의 작품세계의 주요 키워드들(죽음, 태양, 지중해, 고립, 인간의 운명, 절망과 행복의 근접 등)이 에세이에서 이미 나타나고 있음. 소설 『행복한 죽음』 집필.

1938~1939년 결핵 후유증으로 공직에 복무하기 힘들다는 신체검사 결과로 인해 철학교수 자격시험 응시 계획이 좌절됨. 지식인의 위상을 원하면서 아울러 현실과 직접 연결되고 싶어 했던 카뮈는 저널리즘에서 자신에게 맞는 또 다른 행동방식과 표현양식을 발견함. 〈알제 레퓌블리캥(공화주의 알제)〉지를 창간한 편집국장 파스칼 피아와 만나, 이 매체에 서평을 정기적으로 발표함. 식민지 억압에 반대하고, 이슬람 민족을 가난과 예속 가운데 묶어두는 신탁통치에 반대하면서 알제리 국가 또

는 각 지역 정책에 관한 기사들이나 문학 시평과 사법 관련 시평 등을 백여 편 썼는데, 그 유명한 「카빌리의 비참함」이라는 르포르타주도 이 시기에 쓴 글임. 1939년에 에세이 『결혼』이 출간됨. 1인칭 화자의 서술로 쓰여서 철학 텍스트에서의 1인칭 화자, 그리고 소설들 속에서의 등장인물-화자의 가능성을 열어 준 작품임.

1940년 두 번째 아내인 프랑신 포르와 함께 알제리를 떠나 프랑스로 가서 〈파리-수아르〉 신문사 편집부에서 일함. '부조리 3부작'(소설 『이방인』, 에세이 『시지프 신화』, 희곡 「칼리굴라」)의 작업을 함.

1941년 오랑의 사립학교에서 강사 생활을 함. 『시지프 신화』 탈고. 오랑에 퍼진 장티푸스에 부분적인 영향을 받아 『페스트』 구상. 갈리마르 출판사 『이방인』 출간 결정. 일간지 〈콩바〉 내에서 레지스탕스 활동을 하며 정보 제공의 임무를 수행함. 이 지하 신문을 1947년까지 이끌어감.

1942년 6월 15일에 『이방인』, 10월 16일에 『시지프 신화』가 출간됨. 결핵 재발.

1943년 사르트르와 만나게 됨. 갈리마르 출판사의 출판편집위원이 됨.

1944년 8월에 〈콩바〉지의 편집장이 됨. 그가 쓴 기사들 중에서 혁혁한 것들이 향후(1950년과 1953년) 『시사평론』이라는 제목으로 출간됨. 희곡 「오해」 발표.

1945년 전쟁 후 약식 재판의 잔혹성, 알제리의 세티프 학살 등을 비난함. 연극 〈칼리굴라〉가 제라르 필립 주연으로 초연됨. 『독일인 친구에게 보내는 편지』 출간.

1946년 미국 여행을 하면서 강연을 함. 『페스트』 탈고.

1947년 마다가스카르의 학살을 비난함. ("이 경우 우리는 독일인들에게 비난하던 짓을 우리가 하고 있다.") 저널리즘 활동을 그만둠. 하지만 사회참여는 계속되어 정의와 인간 존엄성의 수호를 위해 끊임없이 투쟁하며 자신의 목소리를 내고 입장을 밝힘. 6월 10일에 『페스트』가 출간됨. 대중으로부터 즉각적으로 큰 성공을 거두고, 비평가상을 받음.

1948년 연극 〈계엄령〉 초연.

1949년 사형에 처해진 그리스 공산주의자들을 위해 호소함. 6월 남미 각국에서 강연. 『반항하는 인간』 집필.

1950년 『시사평론 I』, 『미노타우로스』 출간.

1951년 격렬한 논쟁을 야기하게 될 『반항하는 인간』 출간.

1952년 공산주의적 좌파, 사르트르, 정기간행물 〈현대〉지와 결렬. 사르트르는 카뮈에게 반공산주의자라고 비난하고, 부르주아 가치들에 굴종하고 있다고 비판함.

1953년 연극으로 돌아옴. 도스토에프스키의 『악령』을 각색함. 『시사평론 II』 출간.

1954년 에세이 『여름』 출간. 10월에는 네덜란드에 가서 미술관도 방문

하여 렘브란트의 작품들을 찬미함. 11월에는 알제리의 '민족해방전선
(FLN)'이 아랍과 프랑스 민간인들을 공격하여 알제리 전쟁의 시발점이
되는데, 카뮈는 이를 자신의 "개인적 불행"이라고 여김.

1955년 5월~1956년 2월 주간지 〈렉스프레스〉에 알제리의 위기를 다
룬 시평들을 기고함.

1956년 소련의 헝가리 진압을 항의함. 1월 22일에는 알제리에서 민간인
들의 휴전을 위해 호소함. 양 진영 모두 아무 반응을 보이지 않고 입장
들은 강경해지고 테러 행위가 늘어나서 갈등이 확산됨. 카뮈는 지식인
들에게 UN에서 항의하라고 권고함. 5월에 연극적 모놀로그 형식을 취
한 소설 『전락』 출간.

1957년 단편집 『적지와 왕국』 출간. 12월 10일에 노벨 문학상 수상함.
수상 소감을 밝히는 연설에서 공립초등학교 때의 교사 루이 제르맹에
게 감사를 전함.

1958년 알제리 독립에 반대하는 글을 〈크로니크 알제리엔느(알제리 시
평)〉에 기고함. 그렇지만 이슬람교도들에게 가해진 불의와 '피에 누아르'
(19~20세기에 프랑스에서 알제리로 건너와 사는 프랑스인들)를 착취자
로 희화하는 것을 비난함. 식민지제도의 종결은 바라지만 알제리는 여
전히 프랑스 국가로 남아 있기를 바라던 카뮈의 생각이 모순되어 보이
기는 하지만, 자신이 태어나고 자란 알제리, 자신의 어머니가 여전히 살

고 있는 알제리에 대한 사랑 또는 향수 때문으로 해석될 수도 있음. 연설집 『스웨덴 연설』 출간.

1959년 오랜 꿈인 자신의 극단을 만들려고 백방으로 노력을 기울임. 도스토예프스키의 『악령』을 각색, 연출해 상연. 『최초의 인간』 집필.

1960년 1월 4일 미셸 갈리마르의 승용차로 파리로 오는 길에 몽트로에서 자동차 사고로 사망함.

1962~1964년 『작가수첩』 출간.

1971년 『이방인』의 처음 버전이던 『행복한 죽음』 출간.

1994년 『최초의 인간』 출간.

알베르 카뮈 1913년 11월 7일 알제리의 몽도비에서 태어났다. 1914년 제1차 세계대전에 징집된 아버지가 사망한 뒤, 알제리의 수도 알제의 벨쿠르에서 어머니와 할머니 밑에서 가난하게 자랐다. 공립초등학교 시절, 교사 루이 제르맹의 도움으로 장학생으로 선발되어 학업을 계속할 수 있었으며, 알제대학교 철학과에서는 그의 지적 형성에 결정적인 영향을 끼친 사상적 스승 장 그르니에를 만났다. 1942년 『이방인』을 발표함으로써 일약 세계적인 작가의 반열에 올랐으며, 이 작품을 포함해 '부조리 3부작'이라 일컬어지는 에세이 『시지프 신화』, 희곡 「칼리굴라」 등을 발표하며 왕성하게 활동했다. 1947년에 출간된 『페스트』는 대중으로부터 즉각적인 성공을 거두었고, 이 작품으로 '비평가상'을 받았다. 1957년 '노벨 문학상'을 수상했으며, 1960년 1월 4일 미셸 갈리마르의 승용차로 파리로 오는 길에 몽트로에서 자동차 사고를 당해 숨졌다.

이효숙 연세대학교 불어불문학과를 졸업했다. 프랑스 파리-소르본 대학에서 프랑스문학으로 석사, 박사학위를 받았다. 현재 연세대학교에서 강의를 하고 있으며 번역문학가로도 활동 중이다. 옮긴 책으로 『80일간의 세계일주』, 『자디그, 또는 운명』, 『어린 왕자』, 『이방인』 등이 있다.

1. 이상한 나라의 앨리스
루이스 캐럴 지음 | 황윤영 옮김

특유의 유쾌한 상상력과 말놀이, 시적인 묘사와 개성적인 캐릭터, 재치 넘치는 패러디와 날카로운 사회 풍자로 아동청소년문학사와 영문학사에 큰 획을 그은 루이스 캐럴의 환상동화.
★ BBC 선정 영국인 애독서 100선

2. 키다리 아저씨
진 웹스터 지음 | 원지인 옮김

서간문이라는 독특한 형식과 소녀적 감성이 결합된 성장기이자 로맨스 소설! 20세기 초 사회의 모순을 고발하고 개혁을 주장했던 작가의 진보적인 사상은 페미니즘 문학으로서의 의미를 더한다.

3. 보물섬
로버트 루이스 스티븐슨 지음 | 민예령 옮김

인간이 가진 절대적인 선과 악을 그린 세계 최초의 해양모험소설. 영국 빅토리아 시대의 흥미진진한 꿈과 낭만을 대변하는 동시에 선악의 경계를 아슬아슬하게 줄타기하는 인간의 욕망을 고찰한다.
★ BBC 선정 영국인 애독서 100선

4. 노인과 바다
어니스트 헤밍웨이 지음 | 민예령 옮김

헤밍웨이 문학의 총 결산이자 미국 현대문학의 중추로 일컬어지는 걸작. 생애의 모든 역경을 불굴의 투지로 부딪쳐 이겨 내는 인간의 모습을 하드보일드한 서사 기법과 절제미가 돋보이는 문체로 형상화했다.
★ 노벨 문학상 수상작, 퓰리처상 수상작, 노벨연구소 선정 세계문학 100선, 대학수학능력시험 출제 작품

5. 하늘과 바람과 별과 시
윤동주 지음 | 신형건 엮음

우리나라 사람들이 가장 많이 애송하는 '민족 시인' 윤동주의 문학 세계를 엿볼 수 있는 시와 산문을 한데 모았다. 시대의 아픔을 성찰하며 정면으로 돌파하려 한 저항 정신은 물론이고 인간 윤동주의 맨얼굴을 만날 수 있다.
★ 연세대 필독도서 200선

6. 봄봄 동백꽃
김유정 지음

어려운 현실을 풍자와 해학으로 극복한 한국 근대소설의 정수, 김유정의 대표작을 모았다. 원전을 충실하게 살려 아름다운 우리말을 풍요롭게 담고, 토속적 어휘는 풀이말을 달아 이해를 도왔다.

7. 거울 나라의 앨리스
루이스 캐럴 지음 | 황윤영 옮김

『이상한 나라의 앨리스』보다 한층 탄탄해진 구성과 논리적인 비유를 통해 보다 깊고 넓어진 재미와 감동을 선사하는 후속작. 현실 속의 정상과 비정상, 논리와 비논리, 의미와 무의미의 경계를 고찰한다.
★ BBC 선정 영국인 애독서 100선, 명사 101명이 추천한 파워클래식

8. 변신

프란츠 카프카 지음 | 이옥용 옮김

현대인의 고독과 불안을 그림으로써 20세기 실존주의 문학의 발전에 커다란 영향을 끼친, 20세기 문학계에서 가장 난해한 '문제작가'로 꼽히는 프란츠 카프카의 대표작을 모았다. 원전에 충실한 번역으로 특유의 문체가 지닌 묘미를 만끽할 수 있다.

★ 서울대 권장도서 100선, 연세대 필독도서 200선, 미국대학위원회 SAT 선정 권장도서

9. 오즈의 마법사

L. 프랭크 바움 지음 | 최지현 옮김

영화, 뮤지컬, 온라인 게임 등 다양한 장르로 재생산되어 지구촌 대중문화를 견인함으로써 문화 콘텐츠가 가지는 파급력의 정도를 생생하게 보여 주는 세기의 고전. 짜릿한 모험담 속에 담긴 치유의 기운이 마법 같은 순간을 선물한다.

10. 위대한 개츠비

F. 스콧 피츠제럴드 지음 | 민예령 옮김

미국 현대 문학의 거장으로 꼽히는 F. 스콧 피츠제럴드의 대표작. 미국에서만 한 해 30만 부 이상 팔리는 스테디셀러로, 재즈 시대를 살았던 젊은이들의 욕망과 물질문명의 싸늘한 이면을 담아 낸 명실공히 미국 현대 문학의 최고작.

★ 〈타임〉지 선정 100대 영문 소설, 미국대학위원회 SAT 선정 권장도서, 〈뉴스위크〉지 선정 100대 명저, BBC 선정 꼭 읽어야 할 책

11. 오 헨리 단편선

오 헨리 지음 | 전하림 옮김

평범한 소시민의 일상과 삶의 애환을 따뜻한 시선으로 그린 세계적인 단편작가 오 헨리 문학의 정수로 손꼽히는 작품을 모았다. 인도주의적 가치관 위에 부조된 작가적 개성의 특출함을 만끽할 수 있다.

12. 셜록 홈즈 걸작선

아서 코난 도일 지음 | 민예령 옮김

세기의 캐릭터와 함께 펼치는 짜릿한 두뇌 게임. 치밀한 구성과 개연성 있는 전개, 호기심을 자극하는 독특한 설정이 포진되어 있음은 물론, 추리의 과정부터 카타르시스가 느껴지는 결말이 펼쳐져 있는 매력적인 소설.

13. 소공자

프랜시스 호즈슨 버넷 지음 | 원지인 옮김

사랑의 입자를 뭉쳐 만들어 놓은 것 같은 캐릭터를 통해 사랑의 선순환을 형상화한 소설. 순수한 직관과 무한한 잠재력을 지닌 동심의 세계를 느낄 수 있다.

14. 왕자와 거지

마크 트웨인 지음 | 황윤영 옮김

대중성과 작품성을 겸비해 '미국 현대문학의 아버지'로 평가받는 마크 트웨인의 대표작으로 '뒤바뀐 신분'이라는 숱한 드라마의 원조 격인 소설. 부조리하고 불합리한 사회상에 대한 날카로운 비판과 통쾌한 풍자 속에 역사적 지식과 상상력을 담아 냈다.

15. 데미안

헤르만 헤세 지음 | 이옥용 옮김

자신의 내면세계를 향해 고집스럽게 걸음을 옮긴 주인공 싱클레어의 성장을 그린 영원한 청춘의
성서. 철학, 종교, 인간을 끊임없이 탐구했던 작가의 깊이 있는 시선과 인간 내면의 양면성에 대한
치밀한 묘사가 시선을 사로잡는다.
★ 노벨 문학상 수상작가

16. 말괄량이와 철학자들

F. 스콧 피츠제럴드 지음 | 김율희 옮김

재즈 시대의 자유분방한 젊은이들의 풍속도를 그린 F. 스콧 피츠제럴드의 소설집. 1920년대 고동
치는 젊은이의 맥박을 생생하게 전달했다는 평가를 받는 작품들을 모았다.

17. 벤자민 버튼의 시간은 거꾸로 간다

F. 스콧 피츠제럴드 지음 | 김율희 옮김

70세의 노인으로 태어나 자라면서 점점 젊어지다가 결국 태아 상태가 되어 삶을 마감하는 벤자민
버튼의 일생을 그린 환상소설을 비롯해『위대한 개츠비』의 전신이라고 할 수 있는 F. 스콧 피츠제
럴드의 작품들을 모았다. 실험적이고 혁신적인 화법으로 생생하게 형상화한 재즈 시대를 만끽할
수 있다.

18. 이방인

알베르 카뮈 지음 | 이효숙 옮김

출간과 동시에 하나의 사회적 사건으로까지 이야기된 알베르 카뮈의 대표작. 부조리하고 기계적인
시스템 속에서 인간이 부딪치게 되는 절망적 상황을 짧고 거친 문장 속에 상징적으로 담아낸, 작품
자체가 '이방인'인 소설.
★ 노벨 문학상 수상작가. 노벨연구소 선정 세계문학 100선

19. 크리스마스 캐럴

찰스 디킨스 지음 | 김율희 옮김

영국의 대문호 찰스 디킨스의 작가 정신과 개성이 고스란히 담겨 있는 대표작. 19세기 영국 사회의
구조적 모순과 크리스마스 정신, 인간성의 회복을 그린 영원한 고전이자 크리스마스의 상징이 되
어 버린 소설.
★ BBC 선정 영국인 애독서 100선

20. 이솝 우화

이솝 지음 | 민예령 옮김

2,500년 동안 이어져 온 삶의 지혜와 철학을 담은 인생 지침서이자 최고(最古)의 고전! 오랜 세월
인류가 축적해 온 지식과 철학이 함축되어 있으며 남녀노소 누구나 읽을 수 있는 인류의 고전이라
할 수 있다.